著 二上圭
Futagami Kei
ill. 日向あずり
Hyuga Azuri
センパイ、
自
用は
いかがですか？
GCN文庫

「そんな場所はこの世にない」

『都内のタワマン八十五階で、
クリスマスディナーと洒落込みたいっす』

背もたれから滑り落ちるようにして、
レナの手が肩に乗った。

押し付けられたそれは
沈み込むようにして、
首筋の形に変化する。
静かな、
しかし深い吐息が耳にかかった。

Contents

センパイ、自宅警備員の雇用はいかがですか？③

著：二上圭
イラスト：日向あずり

GCN文庫

口絵・本文イラスト／日向あずり

第一話　ホラーハウス、第三の住人

俺がまだ、無邪気な子供の頃の話だ。

書き出しをこのように綴るとレナに、

『センパイに無邪気なんて単語、使える時代があるわけないだろいい加減にしろ！』

と煽られるに違いない。

不服を申し立てるつもりはない。今日までろくでもない大人っぷりを見せつけてきたのだから、レナは正論を振りかざしただけ。検察側から見れば、情状酌量の余地もなければ執行猶予もないのだろう。

けれど被告人兼弁護側には、それを否定する証拠、無邪気を御旗に掲げていた過去があったのだ。

小学二年生のときの話だ。

下校時の風景の端に、見慣れぬものがポツンと映った。

電柱の影にひっそりと据えられた茶色の立方体。好奇心に突き動かされ近寄ると、その正体は段ボールだった。側面にはひらがな三文字でわかりやすく、みかん、と印刷されている。

覗き込むとバスタオルが詰め込まれており、そこに一つの毛玉があった。

「にゃー」

か細いながらも、精一杯の命を感じさせる鳴き声。まだ目が開いたばかりの子猫であった。

そう、みかん箱に捨て猫というベタなシチュエーションに遭遇したのだ。

無邪気な子供が捨て猫に抱いた感情。それは哀れみではなく愛らしさ。可哀想ではなく可愛いであった。

今となってはろくでもない大人に成り果ててしまったが、愛らしい子猫に心を奪われ、慈しみを覚える心が当時の田町《たまち》少年には備わっていたのだ。

丁度その日は、一学期の終業式。明日から夏休みだ。

田町少年が携えた通知表は、九割が二重丸。三角は一つもない、親を満足させられる優秀なものであった。

誕生日も近い。ゲーム機を買ってもらう代わりに、この子猫を飼ってもらおう。そう目論んだ田町少年は、初めから自分の持ち物であるかのように、段ボールごと子猫を持ち帰

ったのだ。

つまり猫一匹で頭お花畑になるくらいには、無邪気な子供であったのだ。

結論から示すと、死ぬほど怒られた。

父は猫嫌い。

母は猫アレルギー。

初めて知った事実だが、

「なんでそんなことも覚えてないんだ！」

と、猫を飼う代わりに両親の怒りを買ってしまい、一発ずつ制裁を食らった。両親からのダブルパンチである。

元の場所に捨ててこいと命じられ、子猫を泣く泣く手放した。

その後、捨てられていた場所には一週間は近寄らなかったから、その子猫がどうなったかはわからない。

無邪気な子供時代、若かりし頃の苦い思い出である。

以来、動物を飼いたいなんて思わない。そう自らに言い聞かせてきた。動物を飼おうなんて選択肢は、いつしか当たり前のように浮かばなくなっていた。

動物を飼うなんて、それこそ一生無縁だろう。

「あのー……田町さん」

家の鍵を開けようとすると背中にかけられる老婆の声。

「ちょっとよろしいですか?」

それを耳にするまでは。

◆

「おかえりなさい」

「おう、ただいま」

十二月の初週。金曜日。

帰宅したセンパイを労いながら、ジャケットを受け取った。

「飲み足りないんでな。一杯頼んでいいか?」

浴室へそのまま向かう背中を見送ったところで、はて、と首を傾げてしまった。

金曜日の帰りは、いつも二日酔い対策の蜂蜜レモン水を用意している。それを今日は、お酒のほうを用意してほしいとのこと。

センパイはガミさんのお店に寄ってきたときは、遠慮せずにお酒を飲んでいる。それこそタダ酒は飲まねば勿体ない。飲んだぶんだけ家計が潤う。そんな幻想に取り憑かれているのかもしれない。

飲み足りないということは、体調不良で切り上げてきたわけでもなさそうだ。

「今週もおつかれさまです」

「サンキュー」

実際、一日の疲れを流してきたセンパイの顔は元気そうだ。どっしりと椅子に座り込みながら、美味しそうにお酒を呷っている。

「パァー！」

「今日は早かったですね」

一息ついたのを見計らい問いかける。

センパイの金曜日の帰りは、二十一時を越えるのは珍しくない。それなのに今日は、まだ十九時半にもなっていないのだ。

「ああ。ガミに店を追い出されたんだ」

「追い出された？」

「クルミちゃんの前で、口を滑らしかけてな。今日のところは帰れって言われちまった」

ドキリとした。失敗を思い起こしながら苦笑するセンパイの顔にではない。わたしを捜すのに動き出した姉さん。その情報をもたらした張本人相手に、わたしの存在について口を滑らしかけたことにだ。

クルミちゃんこと、来宮《きのみや》まどかさん。彼女が姉さんの親友であり、姉さんに繋がるリスクだと知った後も、センパイはこれまで通りの距離を保っていた。下手に避けるよりも、姉さんの動向を窺うことを選んだのだ。

それが二ヶ月前のこと。危なげなく接してきたようだが……。

「あの、その……」

「大丈夫だ。おまえの存在を感づかせるようなことはしてないさ」

不安を隠しきれずにいるわたしに、センパイは片手をひらひらと振った。

それでも一抹の不安は消えてはくれない。

まどかさんはわたしたちの世界《かんけい》を脅かす危険な存在だ。本当であれば、姉さんの動向を窺うのは全部ガミさんにお願いしたい。まどかさんとはもう会ってほしくなかった。

「なによりガミが、世話を焼いてくれたらしくてな」

そんなわたしの思いを感じ取ったのか。センパイは安心しろと言うように笑った。

「俺のいる時間にはもう来るな、ってさ。クルミちゃんを諭したらしい」

センパイはスマホを取り出し、強調するように振ってみせた。

「あれほどの陽キャＪＤ美少女と酒を酌み交わすのは、楽しいイベントだったんだがな」

自らの行いを顧みたのか、その笑みは自嘲的だ。

「危ない橋を渡り続けるのが、そもそもらしくなかったんだ。ま、潮時だな」

あっけらかんと言い流してこそいるが、その横顔はどこか寂しそうだった。

お店の中だけとはいえ、まどかさんとは親しかった。

二人の出会いと再会は、見方によってはドラマチックだから。わたしの存在がいなければあるいは……なんて考えるようにもなっていた。

まどかさんは姉さんの親友。その隣に見劣りなく堂々と立てる人だ。男であればそんな人に慕われたら、楽しいし嬉しいに決まっている。

だからこうなって、ホッとしている自分に気づいた。嬉しいという感情が湧いているのにも。

きっと、独占欲というものなのかもしれない。

「にゃー」

自分の中に宿った感情を確認していると、窓の向こう側で猫が鳴いた。

近所の野良猫が敷地内を横断し、気まぐれに鳴いたものではない。家のチャイムと一緒だ。この家を訪ねてきた者の、すっかり聞き慣れた合図である。

　窓を開けると、一匹の黒い毛玉が部屋に飛び込んできた。

「にゃーお」

「いらっしゃい、クロスケ」

　普段は日中に訪ねてくるクロスケだが、今日は遅い訪問だ。我が物顔で、その足取りはリビングの祭壇へ……向かうことはなかった。わたしの定位置で歩みを止めると、その目は『早く座るんだ』と訴えかけてきた。

　要望に応えると、クロスケは膝に飛び乗ってきた。頭を撫でるとゴロゴロと気持ちよさそうに喉を鳴らすので、それだけで楽しくて、

『今日もクロスケの毛並みは最高っす』

　この手はキーボードの上を踊りだしてしまった。

『モフモフっぷりが共感できなくて、ほんと残念っすわ！』

「なにが残念だ。そんな顔してねーだろ」

「ふふっ」

　スマホから顔を上げたセンパイはしかめっ面だ。

　クロスケは野良猫時代から人に身体を許すことはなかったらしい。飼い猫となってから、飼い主とどう触れ合っているのかは知らない。少なくともセンパイはモフらせてもらえな

いのが現状だ。

意識が高いのか。はたまた誇り高いのか。クロスケの心はクロスケのみが知る。

「そういやクロスケ。さっきおまえの飼い主に会ったぞ」

「え」

呆気に取られた声が漏れた。声をかけられたクロスケではない。

「クロスケの……飼い主と会ったんですか？」

「たまたま会ったっていうか、訪ねてきたところを玄関で鉢合わせたって感じだな」

「センパイに？」

「クロスケがうちに出入りしているのは知っていたらしくてな。前々からちゃんとご挨拶に伺いたかったんですが、と口にはしていたが……まあ、わかるだろ？」

ここは天下のホラーハウス。過去に積み上げてきた華々しい経歴と輝かしい戦歴。そして今も猛威を振るい続ける燦然たる来歴こそが、この家に宿っているものは本物だと証明し続けている。

飼い猫が出入りしているとはいえ、ホラーハウスの住民と関わりを持つのは避けたかったのだろう。

『飼い主さんの気持ちは残当っす。しゃーないっすわ』

飼い主さんは無礼ではないと、この手は動き出していた。

『でも、そんな飼い主さんが急にどうしたんすか？　うちのクロスケがいつも、って感じじゃなさそうっすけど』

わざわざこんな時間に訪ねてきたのだから、なにかしら訳ありなのはわかった。

「なんでも、近々引っ越すらしくてな」

「え……」

「その挨拶も兼ねて――」

「クロスケ、いなくなっちゃうの……？」

呆然としながら、目を膝に落としていた。

身体が、サッと凍りついていくかのような錯覚に陥った。血の気が引くとはまさにこの状態を指すのだろう。

こんな気持ちになったのは、上級国民慰みものの刑を宣告されて以来だ。

だからクロスケがいなくなるということは、わたしにとってそれほどの衝撃。胸にしまい込んでいた大切なものが、ごっそりと削り取られたかのようであった。

「話は最後まで聞け」

落ち着きのない子供をたしなめるような声音。これがすぐにもたらされなければ、涙ぐむことくらいはしていたかもしれない。

「クロスケの飼い主は、一人暮らしの老人でな。遠方の息子夫婦からはこっちに来い、ってずっと誘われていたらしいんだ。けど思い出のある家から離れがたくてな。寂しい老後のお供にクロスケを迎えたときは、家に骨を埋めるつもりだったらしい」

「らしい？」

「いい歳だからな。年々加速していく身体のガタに、不安を覚えたようだ。孤独死なんて言葉が、頭によくよぎるようになったらしい」

「それで家から離れることを決めたんですか？」

「なにかあったとき、後始末をするのは子供たちだからな。どちらにせよ面倒をかけることになるなら、負担が少ないほうがいいさ」

センパイはコップを傾け、喉を一口分鳴らした。

「家もいい値段で引き取ってくれる目処がついた。これ以下はあってもこれ以上はない売値だそうだ」

「これ以上がない理由はもしかして……」

「我が家が原因だ」

センパイは誇らしげに頷いた。

そこにあるだけで、近隣の土地相場を下げる我らがホラーハウス。猛威の射程圏内にありながら、好条件で家を手放せるのは日頃の賜。クロスケという認められし存在を庇護下に置いたからだろう。

黒い招き猫は魔除け厄除けの意味合いを持つらしい。まさにクロスケにぴったりな配役であった。

「家を引き払う目処もついたから、後は持参金片手に息子夫婦のもとへ引っ越すだけ……の段階なんだが、問題が一つ片付いてないんだ」

「向こうの家族に、猫アレルギーの人がいるんですか？」

「そういうわけで、クロスケは連れていけないんだ」

センパイはクロスケに視線を向けた。

「というわけでクロスケは近々野良猫、ホームレスに逆戻りというわけだ」

「ふぁ!?」

キーボードでしか叩いたことのない文字を、思わずこの喉はかき鳴らした。

膝に目を落とすとクロスケは大きなあくびをしている。

わたしがこんなにも驚いているのに、ホームレスに逆戻りとなる本人は極めて呑気であった。

顔をゆっくり上げると、センパイの口端はニマッとしていた。

なんだ冗談か、と安堵の息をつこうとすると、

「というのは半分冗談だ」

『いやいや、半分本当なんすか』

そんな間もなくこの手は慌ただしく動いていた。

「家の話が決まってから、クロスケの引き取り手を探していたらしいんだが……近所で探したところで、色よい返事なんてあると思うか？」

『それはもちろん？』

「普段からこの家に出入りしているからだ」

『うーん。これは残当っすね』

近所では関わるだけで呪われると大評判の我らがホラーハウス。その住人たるセンパイは、近隣住民から近隣八分を食らっているのだ。

元はマスコット的存在だったとはいえ、クロスケを家族として迎え入れることで、ホラーハウスと縁ができるのは避けたいのだろう。

「引き取り手が見つかりませんでしたで、向こうに連れていくこともできん。かといって保健所に任せるのはもっての他だ」

小動物虐待おじさんが刺された件もある。そんなことが決まった日には、飼い主さんは無事では済まないだろう。

「このまま新たな飼い主が決まらんと、クロスケはホームレス一直線」

だからこのままクロスケを置いていく。それもまた、無責任な話である。

一度はクロスケを家族として迎え入れたのだ。新たな飼い主が見つからなかったら仕方ない。クロスケには野良猫に戻ってもらって、自分一人だけ家族のもとへ引っ越していくとは。

酷い半分冗談となっている話だ。

ふつふつとした怒りが、お腹の奥から込み上がってきた。

「だからクロスケの飼い主は、最終手段に出たんだ」

困ったことにな。そう示すように眉尻を下げたセンパイを見て、込み上がってきたものがスッと下りていった。

クロスケの飼い主は引っ越し前の挨拶。身の上話をしに来たわけではないのがわかったからだ。

「もしかして……」

「真っ先に相談すべき、第一候補だったからな、俺は」

「クロスケ、引き取るんですか」

お腹の奥から込み上がる怒りの次は、胸に広がる喜びだった。

近隣住民たちが恐れてやまないホラーハウス。

飼い主さんもまた、ホラーハウスの呪いを恐れる近隣住民の一人だ。それなのにクロスケがこの家に出入りしていると知りながらも、家の中に閉じ込めるような真似はしてこなかった。クロスケの意思を尊重してきたのだ。

ホラーハウスを恐れながらも、それほどの愛情を持ってクロスケに接してきた。新たな飼い主が見つからなかったら仕方ない。それで終わらすほど、クロスケの飼い主は酷い人ではなかった。

だからこその最終手段。近隣住民が誰一人成し遂げなかった偉業。ホラーハウスの住人に接触を図ったのだ。

クロスケの飼い主になってくれそうな、センパイを訪ねた。

「にゃーお」

膝から上がる呑気な鳴き声。こちらを見上げるクロスケと目があって、頬が蕩けてしまった。

クロスケがずっと家にいる生活。それは想像するだけで夢見心地で、

「考えさせてくれって、今日のところは帰ってもらった」

しかしそれは真面目な声音によってすぐに呼び覚まされたのだった。

「レナ。俺が嫌いなものはなんだと思う？」

なぜ、と問う前に、センパイは問いかけてきた。

なぜこのタイミングでそんなことを聞いてくるのか。少し考え込み、ハッと思い至るとこの手は動き出していた。

『まさかセンパイ……猫、嫌いだったんすか？』

「違う。おまえもよく知る漢字二文字だ」

『ああなるほど』

「句読点を打て句読点を。その横着は許されんぞ」

ネトゲでは句読点一つ打たないだけで、禁止用語となる文章がままある。誤用としての確信犯へのツッコミは、流石センパイである。

ボケなければ死んでしまう病。その発作が治まったところで、この手はセンパイの問いの答えを打ち出した。

『答えは責任っすね』

「おまえを正規雇用こそしてやったが、その人生の責任を取るつもりはさらさらない。だからこの生活が世間様にバレた先のことは、なにも考えてないぞ」

『いいっすよそれで。ダメになったら、はい、終わり。自分の扱いは、そのくらいのノリで問題ないっすよ』

「おまえがそうやって納得しているのは、俺もよくわかっている。だから無責任のままでいられるが……クロスケはそうはいかんだろ」

「あ……」

咄嗟に動かぬ手の代わりに、息が漏れ出した。

「引き取るだけなら簡単だが、クロスケの人生……いや、この場合は猫生か？　その責任をちゃんと持てるって、今の俺たちにはとてもじゃないが言えんだろ？」

「そ、それ、は……」

答えに詰まってしまった。

クロスケを責任持って引き取るということは、今日までのようにただ可愛がるだけではない。ご飯とかトイレなど、日々の生活の面倒を見るだけで済むという話でもない。恒久的にクロスケの生活を保証するくらいの気持ちでいなければならないのだ。

この生活が知られてはならない人たちに知られてしまったとき。ダメになったら、はい、終わり。そのくらいのノリで問題ないと言ったばかりのわたしに、クロスケを迎え入れたいという権利などなかったのだ。

だからこれ以上、なにも言えなかった。

ふと、膝の上から温かな重みが失われた。

「にゃーお」

クロスケが膝から下りたのだ。

ゆったりとしたその足取りはセンパイのもとへ向かっていく。その足元にたどり着いてなお止まることなく、トン、トン、トン、と。センパイの足に何度も頭突きをしているのだ。

「クロスケ……」

今までにないクロスケの行動にセンパイは目を瞬かせた。

センパイの表情には不快感もなければ、苦々しそうに口を結んでいることもない。ただ呆気に取られているのだ。

猫が頭突きをするのは、攻撃的な行動ではない。相手への愛情表現。もしくは要求があるときに出る行動らしい。

面を上げたクロスケは、ジッとセンパイの目を見据えた。

「にゃー」

「おまえ……自分が置かれている状況は、ちゃんとわかってるのか？」

「にゃー」

「この家に、来たいのか？」

「にゃー」

「……言っとくが、俺もレナも、いつこの家からいなくなってもおかしくない身だ。そうなったとき、おまえの今後までは考えてやれんぞ」

「にゃー」

「クロスケ。おまえの猫生の責任を取る気はさらさらない。それでも……いいのか？」

「にゃーお！」

クロスケは大きく鳴いた。

センパイより先にホラーハウスに認められし存在、クロスケ。

特別な猫はやはり、人の言葉が通じるのかもしれない。それこそ人間社会の理を正しく理解しているほどに。

その上で、自分の猫生の責任なんて考えなくてもいい。

センパイに向かって、そんな覚悟を示しているように見えた。

「ま、そこまで言うんだったら仕方ない」

呆れたようにセンパイは笑った。

クロスケがただの猫ではない、特別な猫だとわかっているから、このやり取りはわたしに見せた茶番のつもりなんかではない。

センパイとクロスケの一対一の、心を交わした話し合いだったのだ。

「おまえは今日から、この家の第三の住人だ」

さながら交渉成立と握手を求めるように、センパイは足元のクロスケを撫でようとその手を伸ばし、

「しゃー！」

パン！　と俊足の猫パンチがそれをはたき落とした。

クロスケが上げた雄叫びはまるで、

『勘違いするな！　そこまで許した覚えはない！』

そう訴えかけているようだった。

眉をひそめながら睨んでくるセンパイを、涼しげな顔で受け止めるクロスケ。その場でくるりと翻ると、そのままわたしの胸に飛び込んできた。

「これからはずっと一緒だね、クロスケ」

「にゃーお」

ゴロゴロと甘えるようにクロスケは喉を鳴らす。胸元に抱え込まれたまま頬をペロリと舐めて、そのままスリスリと頭を擦り付けてくる。

一方センパイの顔は、解せないという感情を表現しきっていた。

「クロスケのことはこの方向でいくとして」

センパイは大きなため息を一度つくも、すぐに気を取り直したように面を上げた。

「それはそれとして、レナ」

「はい？」

「クリスマスのことだが」

「……っ！」

いきなりクリスマスの話題を持ち出され動揺した。

あのときは羞恥心に飲まれることなく、センパイに勝る勢いだった。就寝後我に返ると、布団の中で何度も悶えてしまった。

頬の熱に苛まれるほどの煩悶は、一晩経っても収まってくれない。

初戦場の予定は未定ではない。日毎に近づく確定してしまった日に、もどかしさが募るばかりだった。

クリスマス、という言葉がセンパイの口から出てきただけで、奥から熱が吹き上がってくるのを感じた。

「どっか、遊びに行かないか？」

「……遊び、に？」

でも、その熱は頬に達する前に落ち着いた。思いもよらぬ提案にキョトンとしてしまったのだ。

「えっと……どこにですか？」

「はるばる北の大地からやってきたんだ。行ってみたい場所くらいあるだろ？」

「行ってみたい、場所……」

この家に来てから、そんなこと考えたこともなかった。

だってわたしはこの家から出てはいけないのだ。

わたしのような子供が、この家を出入りしているのを周りに見られるわけにはいかない。

出入りの数だけリスクが増える。それこそたった一度の失敗で、この安定した生活を踏み外してしまうだろう。

「急に、どうしたんですか？」

リスクを厭うセンパイの口から、なぜそんな提案がされるのか。

「おまえのメイド王っぷりには助かってるからな。これだけの世話、やってもらって当たり前と思うほど、バチ当たりなつもりはないぞ」

センパイの満面に浮かんだのは笑みでもなければ、意地の悪いニヤついたものでもない。

「折角の日だ。こういうときくらい、羽を伸ばして遊ぶのも悪くないだろ？」

「あ……」

心地よいほどに穏やかなものだった。

ドキリ、と胸が鳴るのを感じた。

わたしたちはクリスマスに一線を越える。これはセンパイではなく、わたしから望んで言い出したことだ。

返しきれないものをわたしはセンパイから貰っている。だから見返りなんて用意する必要はない。わざわざリスクを生み出すような真似ならなおさらだ。

それなのに、折角の日だ、と言った。

わたしたちにとって、特別となる日。

特別な日を、もっと特別とするためだ。

それはきっと、自分のためではない。

わたしを楽しませたい。そのために外へ連れ出したいと望んでくれたのだ。

「大盤振る舞いだ。夢の国でもスカイツリーでも、どこにでも連れてってやる」

その想いが、ただ嬉しかった。

喜びを声にするだけで喉が震えそうになる。

『今、どこにでもって言ったっすか？』

それを誤魔化すために手を動かした。

「言っとくが、常識の範囲内だからな」

『なら都内のタワマン八十五階で、クリスマスディナーと洒落込みたいっす』

「そんな場所はこの世にない」

『にわか乙。海外の都内にはあるから』

「ま、思いつきくらいの気持ちで考えといてくれ」

ケラケラと笑いながら、センパイはパソコンモニターに向き直った。

元よりわたしは引きこもり体質。有名な観光スポットや娯楽施設にも心は強く惹かれない。

なにせ生粋の人混み嫌い。遊びに行きたい場所を問われても、すぐに思い浮かぶものではなかった。

それでもこの胸は躍っていた。

同じ屋根の下で過ごしながらも、センパイと遊びに行くということがそれだけで特別に思えて。どこか夢みたいな話だった。

クリスマスの観光スポットやイベントは、どれもがわたしたちには不釣り合いだろう。リア充陽キャの楽しみ方を、無邪気に興じている姿が想像できない。

それでも夢想していく内に、抱いていた煩悶はすっかり影を潜めていた。代わりにクリスマスを待ち遠しく思っている自分がいた。

まるで穏やかな春の午睡のようで、とても暖かで幸せだった。

第二話　否融通社会軌条ノ機関者①

自慢というわけではないが、我が家は裕福に分類される家庭だ。

家には高級車がずらりと並んでいたり、日本中のいたるところに別荘を持ち、隣町へ遊びに行く感覚で海外旅行へ行ったり——できるほどのセレブではない。

大学進学を機に始めた一人暮らし。都内のマンション、２ＬＤＫの部屋で節制とは無縁の生活をさせてもらえている。それを余裕をもってできるくらいには、我が家は裕福であった。

日々の生活の維持に追われてしまえば、その分だけ学ぶ時間が失われる。その失われる時間が学生にとってどれだけ貴重なものか。

我が家の社長《ちちおや》はそれがよくわかっているのだ。

自慢の娘。その社会的ステータスを維持し、更なる向上を図るための人材の育成、その投資を惜しんだりはしない人だ。

結果を出しさえすれば、生活費だけではなく遊興費の憂いもない。

父親としてはあれな人でも、社長として見るのなら文野《ふみの》家はいい職場である。

そんな社長の期待には今まで応えてきたし、これからも望む成果を差し出し続ける自信があった。

だから文野椛《もみじ》の大学生活は、スタートからずっと順風満帆であり、

「それじゃあ夏生《なつお》くん、今日のところはこれくらいにしましょうか」

「はい、椛さん」

こうして家庭教師のアルバイトをしている自分の姿を、入学当時は想像もしていなかったのだ。

それも相手は私の二つ歳下の十七歳。もし母校が同じであれば、先輩と呼ばれていたかもしれない男の子である。

ついこの間までは大学受験に勤しんでいた私が、給金を頂きながらその面倒を見ることになるとは。今でも少し、言い表せないむず痒い気分である。

「今日もありがとうございました」

一時間半机に向かい続けた夏生くんの身体が求めたのは大きな伸びではない。教師《わたし》に向かって頭を垂れることだった。

次にその顔を上げたときに映った、頬が緩んだというよりは、気が緩んだ口元。それを

見るとこちらもまた、口元が緩んでしまった。

二ヶ月前、初めて会ったときに見せた警戒心。恐ろしいものを前にしたような挙動不審さはすっかり鳴りを潜め、こうして正面から顔を突き合わせられるようになった。彼にとって大きな進歩だ。

もしかするとその目を堂々と見せてくれるようになるのも、そう遠い未来の話ではないかもしれない。

そう、私は夏生くんの両目をしっかり見せてもらえたことがない。目を逸らすとか、合わせてくれないという話ではない。

鼻先まで伸び切った、ヴェールのような前髪が邪魔しているのだ。

「あ、そういえば」

教材を閉じる夏生くんを見て、ふと思い出す。

「高認試験の結果ってそろそろでしょう？　まだ結果は届いてないの？」

彼の家庭教師として、つい先月受けた試験の結果が気になったのだ。

正式名称、高等学校卒業程度認定試験。内容は概ねその名が示す通り。『高等学校を卒業した者と同等以上の学力がある』と国家がお墨付きを与える試験だ。妹の楓《かえで》がかつて、喉から手が出るほどに望んだものである。

小学生のときに不登校となった楓は、中学校も変わらず引きこもり続け、高校生になってもそれを貫こうとした。高校には通いたくないから高認試験を受けることで、高等学校卒業者と同等として扱われる資格を得ようとしたのだ。

夏生くんがその試験を受けたというのは、つまるところそういうこと。彼は高校に通っていないからこそ、八月にその試験を受けた。

結果が通知されるのはおよそ一ヶ月後。九月に入ったのだから、もう結果が届いていてもおかしくはない。

「まだ届いていません」

夏生くんはあっけらかんとかぶりを振った。まるで試験の結果に無頓着のようにも見える。

「余裕のようね。自分のことでしょう、気にならないの？」

「結果はもうわかってますし」

「あら、偉い自信ね」

「だって合格の可否は、持ち帰った問題用紙が答えてくれましたから」

「ふふ、そうだったわね」

そう、結果はもうわかっているのだ。

高認試験は大学受験とは違う。決まった人数を上から数えていって、その数に達したら脚切りにするのではない。一定ラインに達したらそれで合格。試験終了後、間もなく公開された解答が彼の合格を教えてくれたのだ。

「凄いわね、ですか？」

「凄い、夏生くんは」

「高校に通っていたら、あなたはまだ二年生。それも教育課程の折り返しにもなっていない時期よ。それなのに一発合格なんてね」

高認試験で受験する科目数は八から十。その全てに合格しなければ高卒認定の資格はもらえない。それでも合格した科目は次回以降免除されるので、一度の失敗で諦めず真面目に取り組めば、資格を得るのは難しくない試験だ。

だからこそ一つも科目を落とすことなく、一回で試験に合格したのは凄いことだ。

「僕なんて大したことありませんよ」

夏生くんは後ろ首をかいた。

「試験はマークシートだし、合格ラインの点数も低めですから。それに勉強だけに集中できる環境なんです。真面目にやっていれば、このくらいのこと誰でもできますよ」

「その真面目にやってきた、というのが大事なのよ。楽しくないことを積み重ねていく。

当たり前のようなことだけど、その当たり前ができずに、目の前の楽に流されやすい人は沢山いるわ」

例えばこんなものにね、と示すようにスマホをひらひらと振った。

「そういうものに流されなかったのは椛さんが見ていてくれたからですよ」

「過ぎたる謙遜はただの悪徳。嫌みでしかないわよ。わたしが来たのは七月。あの時点でもう、あなたはこの結果を出せる実力はあったわ。むしろ大事な時期に私が来たせいで、ペースを乱したくらいじゃない」

「そんなことは……」

バツが悪そうにしながら、夏生くんは微かに顔を横に向けた。もし前髪がなければ泳いでいる目が拝めたかもしれない。

「あれから二ヶ月。私がこうして側にいることには慣れてくれた？」

「はい。椛さんなら、もう大丈夫です」

「だったらそろそろ、いけるんじゃない？」

「いける？」

「一人で買い物くらいにはよ」

「それ、は……」

夏生くんの顔から熱が引いていく。

「厳しい、です」

「そう、厳しいか」

「……ごめんなさい」

「いいのよ、謝らないで。できないと思うのならそれでいいわ」

「でも、椛さんに来てもらって、未だにこの様じゃ……」

「私は家庭教師としてここに来ているの。勉強さえ真面目にしてくれるのなら、それ以外は二の次三の次でいいのよ」

優しく言い聞かせたつもりだが、それで落とした気は簡単には戻らない。夏生くんは顔を俯かせたまま気まずそうにしている。

少し悩んだが、中途半端に話を逸らすのもわざとらしいかもしれない。

夏生くんの面倒を見るようになって二ヶ月。私への態度が大きく変わったけれども、

「まだ、女を前にするのは怖い？」

「……はい、怖いです」

根っこの問題は未だに変わりなかったようだ。

夏生くんの家庭教師を頼まれたのは六月の始まり。

大学進学を機に共に上京した親友、来宮まどか。小中高とずっと一緒であったまどかとは、大学では離れ離れとなってしまった。

その離れ離れとなった先、新天地でまどかが出会った相手こそが、夏生くんのお姉さんであった。

桐島春日《きりしまはるひ》、二十二歳。まどかに紹介された同じ大学の学生なのだが、これまた一風変わった人だった。

まず自らの名をハルヒではなく、カスガと呼んでくれと言われた。あだ名を呼ばせることで親近感を覚えさせたい、なんて狙いはない。

「私は可愛げとは無縁だからな。カスガと呼ばれるほうがらしいだろ？」

本名が自分には可愛すぎると、あだ名で呼ばれたいだけなのだ。

けど、カスガさんの容姿が大きく劣っているわけではない。手足がすらりと長く、モデルをやっていると言われたら、やっぱりそうかと頷けるほどの美人である。

可愛げと無縁とは、鏡に映る姿にではない。自らのあり方、その立ち居振る舞いを指しているのだ。

そんなカスガさんとの初顔合わせ。その三時間後に、

「椛くん。君に愚弟の家庭教師を頼みたい」

初対面の私にこんな願い事をしてきたのだった。

その愚弟呼ばわりされた者こそが、夏生くんである。彼はどうやら、引きこもりのようだった。

引きこもりといっても、楓のように年季が入ったものではない。その一日目はまだ今年の一月に入ってのことだ。

なんでも夏生くんは生粋の美少年。小学校へ上がる前から、沢山の女の子たちに熱を上げられてきたらしい。

きゃっきゃと黄色い声を上げられるだけで済むならどれだけよかったか。彼女たちは夏生くんを巡って騒ぎ、諍いを起こしてきたらしい。

カスガさんいわく、愚弟は生まれたときから望まぬ偶像崇拝をされてきた。

夏生くんがどれだけ女の子たちを避けようと、その流れは止まるどころか年々勢いが増すばかり。彼に夢見る女の子の暴走は、ある日一線を踏み越えてしまった。

彼の知らぬところで夏生くんを巡る刃傷沙汰が起きたのだ。そしてその事件の加害者被害者家族から、夏生くんはその責任について糾弾されたのだ。

当然、そんな理不尽がまかり通ることはなかった。

元々家族以外の女性とは常に距離を置いていた。相手を弄んだわけでもなければ、色気の一つを見せたわけでもない。一方的に好意を抱いた者同士が、勝手に憎しみ争っただけ。彼に一切の非がないのだから、自分は悪くないと堂々としてもいいのだ。でもその事件をキッカケに、夏生くんの心はポッキリ折れてしまったのだ。

女が怖い、と。

そうやって家に引きこもるようになってしまった。

一ヶ月経っても、二ヶ月経ってもそれは変わらない。理由が理由なだけに両親も学校に行くよう促せず、完全に膠着状態に陥ってしまった。

引きこもり生活が三ヶ月目に突入したところで、

「いつまでもそうやって引きこもってるくらいなら、私の身の回りの世話をしろ」

カスガさんは福岡の実家まで駆けつけ、夏生くんを東京の居住に無理やり連れ帰ったのだ。

これまた凄い行動力。いや、実行力である。

両親はしっかり説き伏せてきたらしいが、それでもよく夏生くんは付いてきたものだ。

そのことについては、

「外に出るのは怖いですけど……あのときの姉さんに逆らうのは、もっと怖かったですから」

恐怖の天秤がカスガさんに傾いたとのこと。

以来、夏生くんはカスガさんの身の回りの世話をさせられているようだ。

もちろん、最初は嫌々であった。でも日々を浪費してきただけの生活と比べれば、姉の世話はまだ生産性のある行為だ。そんな日々を送るうちに、確かにあのままではいけなかったと思うくらいには回復したようだ。

一ヶ月もすると、自分はこの先どうしたらいいのか。

思い悩んだ夏生くんは姉に相談した。

「逆に聞くが、今までおまえはなにを目指していた？」

「……なにも」

バツが悪そうに夏生くんは答えた。自分の将来のことをなにも考えていないのかと、呆れられるかと思ったからだ。

「なにも考えてないなら、大学くらいは入っておけ」

けどカスガさんの反応は予想と違った。

「元々、そのくらいは行くつもりだったんだろう？」

「う、うん」

「ならひとまずは、目標をそこに定めておけ」

「あの……その前に高校はどうしたら？」

「なんだ、その様で通えるのか？」

「それは……無理」

「だったら高認を取るしかないな。ま、おまえの頭なら難しくないだろ」

もっと色々と言われると思っていたら、淡々と話は進んでいく。

当面の定められた目標は、学校に通っていた頃となにも変わっていない。だけどその道は、一度は途絶えていたとさえ思いこんでいた。

「おまえの女恐怖症については……上手いこと考えておいてやる。今は私の世話と、目先の高認試験にだけ集中しておけ」

あっさりと道が切り開かれたことに、どう反応するのが正しいのかわからなかったそうだ。

それでも、日々を無為に消費する虚しさは、よく身にしみていた。

定めた目標に達したところで、このままではその先に進めない。その問題と向き合わなければいけないのはわかっていた。

それでも今は、その言葉を信じることにした。狭い部屋に閉じこもっていた自分を連れ出してくれた、姉の言葉を。

今は根っこの問題を忘れ、最初の通過地点に向かって走り出したのだ。

「喜べ愚弟！　おまえのために、美人家庭教師を連れてきてやったぞ！」

「ひぇ！」

その信じた矢先、まさか問題そのものを連れてくるとは。このときばかりは、姉を信じた自分を罵ったようであった。

過呼吸を起こしそうなほどに、最初は怯えられてしまった。けど、その問題はいつまでも引きずることはなかった。すぐに打ち解けるとはいかずとも、会う度に信用を得ることができた。

それもこれも、カスガさんが彼の問題の根っこをわかっていたから。

だからこそ私は、彼の家庭教師に選ばれたのだ。

「そっか。私以外の女の前に立つのは、まだ無理そうね」

「でも椛さんだけは本当に大丈夫です！」

私をその他としっかり分けたいというように、夏生くんは弾むように言った。

「椛さんが僕に興味がないのは、よくわかってますから」

「まるで私が、冷たい人間みたいな言いようね。ちゃんとあなたと向き合ってきたのに、そんなこと言われたら悲しいわ」

「ご、ごめんなさい……そんなつもりは」

夏生くんは焦りながら、手のひらを見せつけながら振っている。

「冗談よ。ちゃんとわかってるから」

軽口のつもりだったのだが、こんな風に困らせてしまうとちょっぴり罪悪感が湧いてきた。

「今まで散々苦労してきたんだもの。女《わたし》があなたの顔に興味がないのは、それだけで喜ばしいことよね」

夏生くんの家庭教師に選ばれたのは、そして信用を得ることができたのは、彼の美貌に魅了されない女と判断されたからだ。

大学に受かったとしても、夏生くんがこのまま変わらねば先はない。女性が皆、夏生くんの容姿に惹かれるわけではないと教えるため。そして家族以外の女性に慣れ、問題を乗り越えさせる。

私はその第一歩を踏み出す役目を引き受けているのだ。

「ま、そのみっともない見た目に惹かれろなんて、そもそも無理な話なんだけど」

「あ、あはは……」

恥じ入るように夏生くんは頭をかいた。

彼を巡り、争わずにはいられないほどの美貌。残念ながら私は、それを写真以外で拝んだことはない。目にしたことがあるのは、みっともないまでに前髪を伸ばしきった姿だけだ。

「ねえ。もう一度聞くけど、外に出るのは怖い？」

「はい……顔を見られるのが怖いです」

顔を見られることすら、いつしか恐れるようになった結果だ。

「そうね。今のあなたが外に出たら、皆凄い目で見るわよ。あ、ヤバイのがいるって。今まで捧げられてきた羨望なんて、欠片も向けてもらえないわ」

「だったら、ずっとこのままでいようかな」

自嘲気味に前髪をいじりながら夏生くんは笑った。いいアイディアだと本当に思っている節だ。

折角、素晴らしいものをもって生まれたというのにもったいない。

当の本人を置いてきぼりにして、色んな女の子たちが諍いを起こしてきた。それこそ女性不信を通り越し、恐怖症に追いやられるほどに。

だけど彼を想う女の子たち全員が、自分本位に振る舞ってきたわけではない。彼を目にしてきた者全員が、恋情を抱いてきたはずがない。

いつだって目立つのは、一部の声の大きな者たち。悪目立ちする者たちが、その界隈の多数派に見えてしまうのだ。

「これはね、ちょっと自慢話になっちゃうんだけど」

「椛さんの、自慢話ですか？」

「そう、自慢話。私ね、学校ではずっと一番だったのよ」

突然のことに、夏生くんはキョトンとしている。この二ヶ月接してきて知った、私らしからぬ発言に戸惑っているのだ。

「勉強の、ですか？」

おずおずと彼は尋ねてくる。

「ええ。テストではいつも一番。学年一位の座から転落したことがないのよ」

「流石椛さんですね。凄いです」

「でも、一番だったのはそれだけじゃないわ」

「他にはなにが一番だったんですか？」

「学校での立ち位置ね」

「スクールカーストですか」

「あんまり好きな言葉じゃないんだけど、それ以上にわかりやすい言葉はないのよね」

そんな言葉を扱うのが恥ずかしくて、つい苦笑いしてしまう。

「クラスではいつだって、私たちのグループが主導的な立場だった。私たちの意見に反対なんてほとんどなかった。そうやってクラスの決め事は多数決じゃなくて、私たちの発言力で決まっていったわ。そして私は、そのまとめ役だったの」

「グループでも一番だったんですね」

「グループの中でも、意見が割れたりするからね。皆性格はいいんだけど、個性が強い人たちばかりだから。一番真面目だった私が、気づけば委員長の役目を押し付けられたの」

「やっぱり、椛さんは委員長だったんだ」

「そんな役割だから、教師からの信頼も一番だったわ。文野のやることなら間違いないってね。なにかとつけて任されてきたわ。ちなみに次は、なんの一番自慢すると思う？」

「男子の人気とか？」

「異性が選ぶ恋人にしたいランキング、なんてものがあったわ。学祭にかこつけて、そんな非常識なものを作っている人たちがいてね。それで私が一番だって数字化されたものを、知らないうちに公開されちゃったの」

「スポーツ方面はどうだったんですか？」

「うーん、そうね……運動神経はいいつもりだけど、運動部ではなかったから。むしろイ

「インドア趣味よ」

「流石の椛さんも、そこまでは一番じゃなかったか」

「でも、上から数えたほうが早いから、実質運動も一番ね」

「なんですか、それ」

ぷっ、と夏生くんは噴き出した。口元に手を当てている姿を眺めながら、してやったりと私はにんまりとした。

「そうやってね、学校でなんでも一番だったわ」

本題への前フリはこれで十分だ。

「けどそうやって一番であれたのは、高校生までの話よ」

私が伝えたいものは自慢話ではない。

「大学では一番になれるものなんて、一つも見つからないのよ」

「一つも、ない？」

「ええ、一つもよ。勉強も運動も、立ち位置も人からの評価も。なに一つ、私が本気で取り組んでも一番になれる分野はないの」

私はもう一番になれることはないんだと言いたかったのだ。

「だって私の大学は日本一だもの。色んな才能を持った人が努力してたどり着いた場所。

たとえばミスコンに参加させてもらっても、一番になんてなれる気がしないわ」

「そんなことは……」

「そんなことあるのよ。持って生まれたものだけの話じゃない。一番になりたい、っていう熱量がそもそも違うのよ」

「け、けどそれがあれば椛さんは……そ、その、一番になれると、思います」

女性を褒めるのに慣れていないからか、夏生くんは照れくさそうに顔を俯ける。

私がその分野で一番になれると信じてくれている。下心もなくそう言われるのは素直に嬉しい。

「ありがとう。でもね、同じ熱量があったらっていうのは、同じ努力をしたらって話じゃないの。同じ才能があれば、って言っているのと同じ。もし私がその気になれば、っていうのはナンセンスな話なのよ」

異性からの人気で一番になりたい。言葉だけをこうして聞くと眉をひそめる者も多いだろう。それでも一番を決める場所があり、私こそが一番だと手を上げる覚悟と自信は、それだけで敬意と称賛を送れることだ。

「それは今まで、私が一番だったどの分野にも言えること。持って生まれた才能で、一番を目指して努力をしている人たちがうようよいるわ。あなたはそういう人たちと会ったことがあるかしら？」

　言葉に詰まった夏生くんは、少しの沈黙の後黙ってかぶりを振った。

「あなたは今まで、女の子たちにとっての王子様だったかもしれない。でも所詮は、井戸の中で祭り上げられただけの偶像にすぎないわ」

「井戸の中の偶像……」

「あなたがこの先目指す大海《せかい》では、王子様は自然と生まれる存在じゃない。我こそが本物の王子だ！　って、競い合った先で選ばれた一番だけが名乗れる存在なのよ」

　夏生くんは呆けたように口を開けたままでいる。まるで今まで知らなかった世界を前にしているかのようだ。

　彼の恐れは自意識過剰さから生まれるものではない。今まで生きてきた世界で受けた仕打ち、その恐れから生まれた防衛本能だ。

「また王子様になるかもしれなくて怖いっていうなら、そんなことはないって断言してあげるわ」

　だから私は、家庭教師らしく世界の広さを教えねばならない。

「だって写真で見せてもらったけど、そこまで大した顔じゃなかったもの」

　ツン、と指で夏生くんの前髪の向こう側、まだ見ぬ額を突いた。

夏生くんはかくんと首を仰け反らせる。力は大していれてないので痛みはないはずだが、突かれた額を押さえている。

そのまま彼は、罵られたにもかかわらず嬉しそうに笑っていた。

◆

「椛ー！」

待ち合わせです、と近づいてきた店員に告げる間もなく私を呼ぶ声。それに目を向けると店内の突き当たり、小上がりからまどかが上半身を覗かせていた。

「こっちこっちー！」

大手を振りながら招き寄せる声は、狭い店内での喧騒に負けたりしない。満席のカウンター席にいた客の半分が、好奇の眼差しを向けてきた。

人の目を引くことには慣れている。だがみっともないことで目を引くのは流石に不本意だ。恥ずかしいことこの上ない。

視線を無視しながらカウンターを素通りし、小上がりに上がった。

「お今朝ぶりー」

手のひらを見せつけるように、まどかは左手を差し向けてきた。そのテンションの高さは今にも、イェーイ！　なんて言い出しそうだ。

「そんな大声を出さなくても聞こえるわよ」

ハイタッチを期待した手を、呆れながら叩き落とした。

「まさかまどかも来ていたとはね」

「サプライズゲストよ」

「そういうのは自分で申告するものじゃないわよ」

「ささ、席は温めておいたから座って座って」

まどかは隣の座布団をポンポンと叩きながら、上機嫌に着席を促してくる。

これはどんな皮肉を言っても無駄だと諦めた。素直に腰を下ろして、待ち合わせの人物と向き合った。

「や、椛くん。お疲れ」

「お疲れ様です、カスガさん」

今日のカスガさんは、いつもと変わらぬパンツスーツ姿だ。同じキャンパスライフを謳歌する女子大生というよりはそのＯＧ。規律と時間に従順な会社員ではなく、豪放磊落に駆け回る起業家のようだ。

席についてすぐ、店員が注文を取りに来た。

居酒屋なのだからお酒を頼むのが正しい選択であるが、十九歳の未成年としては間違った選択である。定められたルールを破るわけにもいかないので、お店には悪いがウーロン茶を頼ませてもらった。

一方まどかは「あ、生搾りレモンサワーお願いしまーす」なんて言っている。あまりにも当たり前のように注文しているので、同い年であることを一瞬忘れてしまった。

「本日の主役が来たということでかんぱーい！」

すぐに届いたドリンクで、まどかの音頭とともに乾杯した。

美味しそうに喉を鳴らすまどかを見ると、それはもう微笑ましいなんて感情が――

「まどか……それで何杯目よ」

「これで五杯目」

「もう五杯目？」

浮かぶわけもなく、未成年の行き過ぎた飲酒に眉をひそめるしかなかった。

なにせお店に先に入ったと連絡があったのは一時間前だ。

「ちょっとペースが早いんじゃないの？」

「大丈夫よ、まだスタートに立ったばかりだから」

「スタートにって……もう酔っ払っているようにしか見えないんだけど？」

「そのくらいリラックスしてるってことよ」

「リラックスしすぎて、スヤスヤしないか心配だわ」

「大丈夫大丈夫。もしそうなったとしても問題ないから」

「その自信はどこから来るのよ」

「だって今日は椛が一緒だもの」

「あんたね……私に酔っ払いの介抱をさせる気？」

「今日は椛に身を委ねるわー」

ジロリと睨みつけるも暖簾に腕押し。まどかはずっしりと私にしなだれかかってくる。

これがお酒の魔力か。今までに見たことのないはしゃぎ方だ。

男の人もいる飲み会でも、この調子でいるのかと考えると不安しかない。

「大丈夫だよ、椛くん」

そんな私の不安に感づいたのか、カスガさんはカラッと笑った。

「酒の席での身の守り方くらい、まどかくんはしっかり弁えているよ」

「とてもそうには見えませんね」

「限界に達していい場も、ちゃんとわかっている証だろうさ」

「達した結果、誰に迷惑をかけるかもわかってほしいところですよ」

いつまでもしなだれかかっているまどかの頬を押しのけた。「椛のいけずー」なんて言いながら抵抗するも、すぐに諦めてくれた。

カスガさんはそんな私たちのやり取りにおかしそうにしている。

「まどかくんが潰れたときは、一緒に部屋まで送っていくよ」

「いや、そこまで迷惑をかけるわけには……」

「気にしないでくれ。端《はな》からそのつもりで、君たちの最寄り駅の店を選んだんだ」

ビールに口をつけると、カスガさんは三度ほど喉を鳴らした。

「それこそ二人共ダメになっても、責任持って送り届ける。だから君も遠慮することはないよ」

カスガさんは黄金色が揺れるグラスを見せるように揺らした。

遠慮することはない。なにを、というのは文脈から察する通り。君もルールを破っていいんだよ、だ。

「来年の四月二日以降だったら、いくらでもお言葉に甘えさせて頂きます」

「その言葉、忘れないでおこう」

大学生となり、歓迎会など色んな集まりに顔を出してきたが、皆当たり前のようにお酒を飲むし勧めてくる。それこそ車通りのない赤信号を渡るくらいの気持ちだからか、皆しつこいのだ。

だからこうやってルール違反に誘ってくることはあっても、断ればあっさりと引き下がる。そんな押しつけがましさのないカスガさんは素直に好ましい。

「ほんと椛は真面目よね」

誘いにのらない私を、まどかはそう評した。

人を真面目と評するのは、社会は褒め言葉として設定している。なぜなら誠実だからだ。ではなにに誠実であるかというと、社会が定めたルールとモラルにだ。この二つに誠実であれば、問題が起きないようになっている。社会はそう設定したつもりだからだ。

大人が真面目な子供を褒めるのは、問題を起こさずに偉いぞ、と言っているのとなにも変わらないのかもしれない。捻くれた発想かも知れないが、今日まで真面目に『真面目』と向き合った結果、そんな結論を導き出してしまった。

もしかすると言語化されていないだけで、皆が真面目をそう認識しているのかもしれない。だからルールとモラルに不誠実な者たちは、皮肉や嫌みを言うのにわざわざ真面目を持ち出すのだ。

頭が固い。

ノリが悪い。

つまらない奴。

このくらい皆やっていることだろう。

そんな本心を口にすると体裁が悪いことがわかっているので、

『おまえは本当に融通がきかないな』

バカ正直な奴だと真面目《まじめ》な人間を嘲笑っているのだ。

それをわかっていながらも、私は真面目に生きている。ルールやモラルを破らない生き方を選んでいる。

ルールやモラルを破ったことによる罪。その罰を恐れているからではない。

この生き方こそが、私にとって一番楽だからだ。

胸を張れない真似はしたくない。

融通の利かない社会に従順なまでの姿勢は、これでもちゃんと中身があるのだ。

こんな自分の生き方を嘲笑われるのなんて、今更気になんてしていない。

真面目であっても、人の顔色ばかりが気になるような弱い人間のつもりはない。

不快な縁からは距離を置いて、切れるのであればスパッと切る。そのくらいの強かさくらいはあるつもりだ。

「わたしといるときくらいは、こっそりやってくれてもいいのにさー……」

だから今隣にある縁を切ろうとしないのは、揶揄するつもりがないのがわかっているから。

こんなの軽口ですらない。親友だからこそ漏らした不満。

私と一緒にお酒を飲みたいと、まどかはそうやって拗ねているのだ。

「お酒を飲めるようになる、っていうのは一つの人生の契機だもの。初めてはこそこそとしないで、胸を張って堂々と飲みたいのよ」

「その口ぶりは、まるでわたしがこそこそと飲んでるみたいじゃない」

「あら、違うのかしら？」

「これがこそこそと飲んでいる姿に見える？」

「ははははは！」

堂々と胸を張り始めた未成年の飲酒姿に、カスガさんは大ウケだ。カスタネットのように手を叩いてる。

それがまた人目を引いて、大丈夫なのかと心配になる。

なにせ私たち以外の客は、全員男性。それも平均年齢高めである。ただでさえお店の色と合わず目を引いていると言うのに、こんなに騒ぐとより一層注目を集めてしまう。

まどかが未成年であることを知らしめるような真似は問題ありだ。

「あんたねー……そうやって堂々としちゃいけないでしょ」

「知ってる？　未成年の飲酒って罰則がないのよ」

「大学にバレたら大目玉よ。昔はなあなあだったかもしれないけど、今はキチンと処分されるんだから」

「そこはほら、上手く立ち回ってるから」

「これが上手くやってる姿、ね」

つい鼻で笑ってしまった。お酒に飲まれているとまでいかずとも、振り回されているようにしか見えなかったからだ。

パンパン、とカスガさんはまた手を叩いた。ただ、今度は昂ぶった感情が漏れ出したものではない。自らに注目を引くための理知的行動だった。

「さ、まどかくんが潰れる前に本題を終わらそうか」

今日はただ食事会……から飲み会のようになってしまったが、そのために集まったわけではない。

「愚弟の調子はどうだい？」

家庭教師としての保護者面談みたいなものだ。

夏生くんのもとには、週に一回のペースで通っており、カスガさんはその時間家を空けている。同席したのは私たちを引き合わせた、最初の一回きり。顔を突き合わせた報告は月に一回で十分。後は全部君に任せると言われてしまった。

その月に一回が今日であり、二回目の保護者面談である。カスガさんはこういう人だから、成果を報告するようなお堅いものにはならない。

この一ヶ月にあった夏生くんの変化を掻い摘んで報告した。

「流石椛くんだ。よく言ってくれた」

今日あったことまで話し終えると、満足そうにグラスを呷ったのだ。まさにグビグビという効果音が似合いそうな飲みっぷりだ。

「そう、まさにそれを私以外の口から言ってほしかったんだ」

カスガさんは空になったグラスを乱暴に置いた。怒っているのではなく、喜びの感情が昂ぶったのだ。

「おまえの顔なんて大それたものじゃない。自意識過剰なんだ調子に乗るなナルシストが、ってね」

カスガさんは愉快そうにこれでもかと弟を罵った。私が夏生くんに言ったことが、十倍くらいに膨らんでいる。

「そうだカスガさーん」

報告の間大人しかったまどかが挙手をした。

「前髪お化けとなら会ったことはあるんですけど、イケメン時代の弟くんの顔は、まだ見せてもらったことありませーん」

「まどか、夏生くんと会ったことあるの」

「え……あ、うん。一回だけね」

ずっとふわふわとしたまどかの様子が、急によく知るものに戻った。決まりが悪そうに私の目から逃れるよう顔を逸らした。

そんな話、一度も聞いたことがない。夏生くんを女と接触させるのは、カスガさんも慎重に取り扱っていたものだと思っていたのだが。

もしかすると、私の前にまどかが家庭教師を引き受けたのかもしれない。夏生くんと上手くいかなくて、一回きりで終わったとか。

それなら決まりが悪そうなまどかの態度も頷ける。

「前にね、まどかくんを一度家に泊めたことがあったんだ」

クツクツと笑いながら、カスガさんはタン刺しに箸を伸ばした。

「夏生くんがいるのにですか？」

「愚弟の問題があるとはいえ、まどかくんを連れ回したのは私だったからね。あのままどかくんを返すわけにはいかなかったんだ」

なぜ返すわけにはいかなかったかはすぐに悟った。まどかがこの後たどる末路が、そのときにあったというわけだ。

「トイレにいるまどかくんと、朝に鉢合わせというわけさ」

「うぅ……」

思い出したくない過去を友人の前で掘り返され、まどかは唸っている。

そんなまどかの姿に少し、ひっかかりを覚えた。

耳まで真っ赤なのはお酒のせいとしても、その横顔はただ恥ずかしい思いをしたことへの煩悶ではなさそうだ。付き合いは長いのだから、そのくらいはすぐにわかった。

「ちなみに下からではなく、上からとだけ言っておこう」

「カスガさーん……」

からかうようにケラケラとしているカスガさんに、まどかは情けない声を上げる。

私はそんな二人のやり取りから全てを察した。

「まどか……」

「なにも言わないで。黒歴史なんだから……」

顔を覆い隠すまどかに、冷ややかな視線しか向けられなかった。

トイレでゲーゲー吐いている姿を男に見られるのは、確かに女としてトラウマものだろう。それも相手は歳下の男の子だ。

「ほら、これがお化けじゃない頃の、愚弟の写真だ」

人の黒歴史を蒸し返したことに、罪悪感はなくともからかいすぎたくらいには思ったのか。話をなかったことのように扱いながら、カスガさんはスマホを差し出した。

スマホを受け取ったまどかは画面をマジマジと見つめると、

「あー、なるほどなるほどなるほどなるほど」

得心がいったように何度も頷いている。

「天然物でこれは凄いわね」

写真に見惚れることもなく、あっさりとスマホを返した。まるで魚にするような評価である。

「うんうん。確かにこんなのが学校にいたら、女子に放っておけって言う方が無茶な話よね」

「まどかくんたちの高校にアレがいたら、どうなってたと思う？」

「そうですねー……同じことが起こったとしても、おかしくはないですね」

「それほどに愚弟の顔は、女を狂わせずにいられないってことかい？」

「うーん……わたしが思うに、その前提が違うんだと思います」

「前提が違うとは？」

「女を狂わすじゃなくて、女を増長させた。弟くんの弱気な態度が、問題だったんじゃないかなって」

「そう、正解だまどかくん」

ポン、とカスガさんは手を打った。

「嫌なものを嫌なもののまま扱い、怖いものを怖いもののまま恐れてきた。ハッキリとした拒絶を示さず、曖昧な態度で距離を置いてきたんだ。いつの時代も弱気な態度は付け込まれる隙にしかならない。相手を増長させるだけさ」

カスガさんはコツコツとテーブルを人差し指で叩いた。

「そもそも女の全員が全員、アレに恋する乙女なわけがないんだ。確かに母数は多かったが、全体から見ればそんなものはただの一部だ」

「そして盲目的に熱狂していたのは、その更に一部になりますものね」

「少なくとも私の目にはそのように映っていた。けどアレの目には全部同じに映るようでね。人付き合いの半分を放棄してきたから、その半分の世界を正しく見る目が、アレには育っていなかったんだ」

やれやれと困ったように、カスガさんはかぶりを振った。

「君たちのような高嶺の花、手が届かない存在だと知らしめておけばこんなことにはならなかった。それができるように、天は二物も三物もアレに与えたんだ」

私たちを高嶺の花と例えてくれたが、それは容姿だけを指したものではない。学校での立ち位置、スクールカーストを含めてのものだろう。

「だからこそアレは愚かな弟、愚弟なんだ」

そうしていつものように、カスガさんは夏生くんを愚弟呼ばわりした。

最初の頃は、不出来の弟を持ったことによる不満だと思っていた。けどそれは違うのは、カスガさんと接していく内にわかった。

福岡の実家に駆けつけ、問題を解決しようと東京まで連れ出した。夏生くんを想う心がなければ、そんな行動には移さないだろう。

「なにせ私よりよっぽど優れているのに、その全てを台無しにしているんだからね」

ほら、このとおり。

誰よりも夏生くんのことを認めている。

第三話　生まれて初めて――

月火水木金土日。七曜日の中でどれが一番好きかと問われたとき、即断できる答えを自分の中に持っている。

明日に休日《きぼう》を見いだせず、働きアリとして準ずる月曜から木曜は論外だ。では、今週も頑張ったという、労働からの解放感を得られる金曜日はどうだろうか。素晴らしくはあるのだが、最初から労働のない土曜、日曜と比べるとどうしても格落ちする。

では労働のない土曜、日曜が甲乙をつけがたいものなのかと問われれば、そんなことはない。なにせ日曜が楽しいのは日が高い内だけ。夕方にもなると『明日からまた仕事かー……』という現実を受け入れなければならず、それはもう憂鬱なものだ。日曜に日が落ちると、心に影が差してしまうのだ。

結果として、労働もなければ明日の憂いもない土曜こそがナンバーワン。それは日本人にとっての総意だろう。ただし、土曜日が忙しい職業については配慮しないとものとする。サザエさん症候群の所以が、平日に放送されている地域には関係ないのと同じだ。

そんな一番素晴らしいはずの土曜日の朝。いつもなら惰眠を貪っている時間から、俺は重労働に励んでいた。

クロスケの単身引っ越しである。

家から徒歩八分。文字にすると大した距離には見えないが、重量物やかさばる物を運ぶとなると話は変わる。

猫用トイレにベッド、自動給餌器に給水器。食器やお手入れ用品、おもちゃなど細々としたものを詰めた段ボール。ここまでは楽な部類である。

キャットフードや猫砂のような消耗品はキロ単位だ。片道だけとはいえ、それらを持って何度も往復することを考えるといい。家でも職場でも屋内に引きこもり、パソコンの前に座しているだけの俺には重労働すぎた。特にキャットタワーの分解、運搬、再組み立てが一番辛かった。

猫を飼うことを軽んじていたわけではないが、正直舐めていた。猫を家に迎え入れるということは、揃えなければならないものがここまで多いのかと。キャリーバック一つでやってきたレナとはえらい違いだ。

全てが終わる頃にはもう十三時過ぎ。これ以上一歩も動きたくないと、リビングで大の字になっていた。

レナはすっかり専用となった折りたたみ机をリビングに持ち出すと、そこに遅めとなった昼食を配膳してくれた。だらしのない家主の有様を見て、わざわざ気を利かせてくれたのだろう。

黙っていても勝手に出てきた昼食だが、真っ先に浮かんだのは感謝の気持ちではない。

「なんだ、これ」

疑問だった。

「パスタです」

レナはさも当然のように答えるが、俺が期待した回答ではなかった。

皿に盛られた物体が、パスタであることは一目瞭然。ゴロゴロとしたひき肉がパスタの天頂に盛られ、雪化粧のごとく粉チーズが振りかけられている。麺にソースが絡んでいるから、ミートソースではなくボロネーゼの類だろう。

料理名まではぱっと見でわかるのだ。ではこのボロネーゼのどこに、疑問を感じたのか。

「こんなパスタ、うちにあったか？」

厚さが薄く、幅広い。そんな細長いリボンのような麺から、クエッションマークが生まれたのだ。

「自家製ですよ」

「はぁ……作っちゃったのか」

「はい、作っちゃいました」

なるほど、得心がいった。だからレナは訝しむのではなく、立派な胸を張っていたのか。ようはドヤっていたのだ。

レナが初めてこの家に訪れたのは五月。そのときは包丁すら満足に握ったことがない、料理経験皆無であった。それが十二月となった今、パスタを自作するまでになってしまった。神童を自称するだけあって、もの凄い成長速度である。

「いただきます」

「いただきます」

二人向かい合いながら手を合わせた。

料理を前に手を合わせたのなんていつ以来か。

食事を前にして感謝を示す行為は、俺にとってやらなければ咎められるものでしかなかった。咎めてくる相手がいなければ、それは無用のものと成り下がる。感謝の念がないのだから、いただきますもなにもない。

それを当たり前の言葉として発するようになったのは、レナが来てからだ。黙っていても出てくる日々の料理が、とにかくありがたかった。これが当たり前だと思っていないから、口から自然と感謝が出てくるようになっていた。それがついに、自然と身振りに表れるようになった。

「……変わったもんだな」

「なにがですか？」

「いや、なんでもない」

たっぷりのひき肉を麺で巻き込み、一気に口いっぱいに頬張った。「めっちゃ美味いな」なんて語彙力皆無の感想に、レナの不思議そうな顔はすぐに綻んだ。独り言を誤魔化したのではなく、自然とこぼれ落ちた感想だと伝わったようだ。

俺に続くようにレナは一口目を食した。味見くらいはちゃんとしているだろうが、思った通りの味にご満悦のようだ。

レナはこの家に来てからしばらくは、ふすまの向こう側で食べていた。それが最近ではパソコンデスクを前にした俺の後ろで、この折りたたみ机の上で食している。そうやって同じ空間で食べるのが当たり前となった。

でも、こうして向き合って食事をするのは初めてのことだ。

レナはこんな顔をしながら、いつも飯を食べてるのか。

そうやってレナの顔を眺めていたら、まじまじと見られていたことに気づいたのか、恨

めしさと面映ゆさを瞳に綯い交ぜながら、上目遣いで抗議の視線を送ってきた。

ニヤつきながらからかって、この先一緒に食べてくれなくなっても困る。非はこちらにあるので、ここは黙って話を誤魔化すことにした。

「しっかし、こんなのいつの間に作れるようになったんだ？」

フォークで麺を持ち上げながらまじまじと観察する。いくら見たところでそこに製造工程は書いていない。

「昨日です。初めて作りましたけど、上手くできてよかったです」

「昨日って……まったく、今度はなんの動画の影響だ？」

レナはレシピサイトを活用するよりも、料理系動画投稿者に熱心な傾向がある。

この手の料理系動画は、料理人そのものをエンターテイナーとして成立させている。最初はレシピを求めて見始めた動画も、気づけば本題がおまけとなり、料理人そのものを楽しんでいるのだ。

その最たるこじらせた結果が、料理研究家の酒を飲む言い訳を聞いて、動画に満足してしまうことだ。それ以降はすべて蛇足なのである。

レナは蛇足で終わらせず、動画の影響を受けて料理を再現する。たとえそれがネタレベルのものでさえも。ニンニク六十一片を一皿にぶち込むという、常軌を逸した行動に出たこともある。

またそうやって動画の影響を受け、実行に移したのだろう。

「今回は動画スタートじゃありません」

と思ったのだが違ったようだ。

「どうやって消費しようかな、って考えた結果です」

「消費しようかな？」

「センパイ、この前に間違って強力粉買ってきたじゃないですか」

「そういやそんなミスもしたな」

特売で並んでいたのを、小麦粉という文字だけ認識して買った失敗だ。いつもとパッケージが違うなとは一瞬思わないでもなかったし、強力小麦粉とちゃんと書いてあったが、すぐに別なことに気を取られたのだ。

「流石に捨てるわけにはいきませんからね」

「かといって棚に一度しまえば、後世へのレガシーになりかねんしな」

「それはセンパイが証明済みです」

レナはわざとらしい声で言った。

俺が後世に残したレガシー。それはかつて酔った勢いで買ったはいいが、使わずにしまい込んだ料理器具の数々のこと。その存在は忘れ去られていたが、レナの手によって解き放たれたのだ。

「強力粉といったらパンかな、ってレシピを調べてみたんですけど……」

「その結果？」

「強力粉、砂糖、塩、牛乳、ドライイースト。そこまで見て、わたしはそっとページを閉じました」

「別に高いもんじゃないいんだろうが……流石にドライイーストはな」

「ここで手を出すのは本末転倒ですね」

レナは悩ましげな苦笑いを浮かべた。

主題はパン作りの挑戦ではなく、あくまで強力粉の消費だ。そのために扱ったことのないものを追加購入するのは、レナの言う通り本末転倒。家にあるものだけで完結させるところこそが、無駄遣いなき美学である。

「その点、パスタの材料は家にあるものだけで充分でした」

「充分とはいえ、よく手を出そうとしたもんだな。俺ならハードルが高すぎて、飛ぼうなんて気が起きないな」

「最初はわたしも、自分にはハードルが高いものだって思いこんでいました」

「思いこんでた？」

「やってみたら、あっさりできちゃいました」

当たり前のことを告げるようにレナは言った。それは神童を自称するときの自慢げなものではない。

「もちろん、簡単に作れたわけじゃありません。生地をこねたり伸ばしたりするのは大変でしたし」

「でも、大変なだけで難しくはなかったんだな」

「身構えていたほどじゃなかったなって。拍子抜けしちゃいました」

高いと思っていたハードルをあっさり乗り越えられた達成感だった。

なにかに挑戦するとき、それを乗り越えられるかどうか。それを測るのは自分の中にある、主観という名の物差しだ。

ハードルを乗り越える能力がありながらも、自分には飛べないと尻込みし諦めてしまうのは、ひとえにその物差しが誤っているから。そして物差しを狂わす最大の要因は自信である。

自信がないから実物以上にハードルが高く見えてしまい、自分には飛べないと信じ込む。挑戦しようとする心を奪ってしまう。

レナにはその自信があったからこそ、パスタ作りに手を出した。軽々飛べるなんて過剰なものはなかったとしても、自分なら飛べるかもしれないという挑戦心が目覚めるくらいにはあったのだ。

その結果、あっけなくハードルを乗り越えてしまった。そこでまた、新たな自信がついたに違いない。その自信がまた、次に繋がるのだ。

大変そうなことを乗り越えて、難しいことを過去にしていく積み重ねを、人は成長と呼ぶのだろう。

成長していることを実感しているから、レナはこうして喜んでいるのだ。

レナの成長は、本人より俺が実感している。

家出をしてきた当初のレナは、社会で役立てるスキルどころか、自らの意思を口にすることもできなかった。まさにお勉強ができるだけの子供。雑踏に石を投げて、それが当たった人間のほうがよっぽど社会で役に立つ。

それが今や、レナなしの生活が考えられない。替えの利かない人材として、日夜大活躍してくれている。

レナは気づいているだろうか？　こうして顔を突き合わせて、食事するのは何気に初めてのことだからか。手に頼る暇もなく、当たり前のように口が動いている。

かつては対人恐怖吃音症とまで名付けたコミュ障っぷりが見る影もない。

神童と驕りながらも、自分に自信がない子供は、ここまでの成長を果たした。

かつては秒で心が折れたと、高校入学一日目にしてドロップアウトしたレナ。でも悪い環境ではなかったはずなのだ。クラスメイトに悪意を向けられたという困難にぶつかったのではなく、接する大変さから逃げ出したにすぎない。

社会はそれを甘えと呼ぶのだ。

もう一日だけ、頑張ってみよう。

レナに足らない自信を補う誰かがいたら……俺たちの人生は交わることなく、大きく変わっていたかもしれない。

「どうしました？」

「ん？　ああ、いや……」

おずおずとこちらの顔色を窺っているレナ。フォークが止まっていたので、実は口に合わないのではと心配しているのかもしれない。

「流石に今日は疲れてな。ボーッとしちまった」

「ふふっ、お疲れ様です」

心配は杞憂だと知り、レナは嬉しそうにねぎらってくれた。咄嗟に出た言い訳のつもりだったが、身体が疲れ切っているのは嘘ではない。

　消費したカロリーを取り戻すように、くるりと巻いたパスタを頬張った。

「でも、こうして手打ち麺が食卓に並ぶ日が来るとはな」

「ちょっと前までは、包丁すら触ったことがなかったんですけどね」

「それを考えると、我が家の料理長の進歩は目覚ましすぎる。その内、パスタ用の小麦粉が欲しいとか言い出しそうだ」

「セモリナ粉のことですか？」

「ほら見ろ。もうわけのわからん横文字を使ってる」

　わざとらしい苦い顔を見せると、レナはおかしそうに口元を覆った。

「どうせ、通販サイトでパスタマシンを調べまくった後なんだろ？」

「センパイ、エスパーだったんですか？」

「新しいことを始めると、専用の道具が欲しくなるのは人の常だからな。どうだ、やっぱり高いのか？」

「ピンキリです。実物を見たこともないので、どれがいいのかさっぱり」

「安いものはすぐ壊れそうだし、高いものはそもそも論外ってか」

「まさにそれです」

「目についたよさげなもので、いくらくらいだ？」

「うーん……一万円ちょっと、でした」

人差し指を顎に添えながら、レナは天井を見上げた。

一万円ちょっとか……まあ、それくらいなら。

「だったら買うか？」

「え……」

「ほしいんだろ、パスタマシン」

レナは目を丸くしながら、ぽかんと口を開けている。想定外な提案に心が追いつかず、答えに詰まったのだ。

「……いいん、ですか？」

「おまえのことだ。三日坊主にはならんだろ」

「それは……もちろんです」

「こうして上手くいって、やる気も出たんだ。本格的に始めてみたいなら、やってみるといいさ」

あ、の口の形を保持したまま、レナは押し黙った。しばらくして追いついた心が感情を突き動かし、その満面はパッと華やいだ。

けど、その花はすぐ散ることになる。

「にゃー……」

呑気な短い鳴き声に、俺たちの首は揃って釣られた。

それは通販で買った三段式のかぶせ付き祭壇。ウィスキーの四リットルボトルや大家からの貢物が置かれ、最上段にはエロゲキャラのフィギュアなどが鎮座していた。宗教家たちに向かって中指を立てるような有様であった。

本日を以て、そんな冒涜的な様相はガラリと変わった。

冒涜的な品はすべて廃され、ドーム型のペットベッドのみが玉座のごとく、最上段で威風堂々と備えられていた。

全身真っ黒な玉座の主は、大きな欠伸をしている。

入居一日目にして、クロスケはホラーハウスの化身のように君臨していた。

「呑気なもんだな。こっちはおまえのせいで、身体がガタガタだっていうのに」

「にゃーお」

クロスケは丸まったまま、流し目を送ってくる。その様は『お疲れ様です』と目上をねぎらうものではなく、尊大に『ご苦労』と言っているように聞こえた。飼い主は猫の下僕とよく言うが、クロスケの態度はまさにそれだ。

「……ったく」

猫に無礼だと切れるのも器の底が知れる。クロスケの態度には、一言だけボヤいて視線をレナに戻した。

こういうときのレナは、クロスケ贔屓。ニヤニヤとしながら軽口の一つでも叩くだろうと備えていると、

「……ん?」

クロスケにジッと視線を送り続けるその姿は、まるで心ここにあらず。

喜びに花咲くようだったその顔には、また別な感情が同居していた。花弁が閉じたのではなく花びらが散った。夢を与えられた直後に、現実も見なければいけないと思い直したかのようだ。

「どうした、レナ?」

「え、あ……その」

レナは狼狽えながらこちらに向き直るも、視線はあっちこっちと散漫だ。言い訳の答えを探しているというよりは、相手を慮った言葉を探しているかのようだ。

レナはそっと、重ね合わせた手を胸に当てた。

「あの……やっぱり、大丈夫です」

「なにがだ？」

「パスタマシン。やっぱり、必要ないです」

あんなにも喜んでいたのに、なぜ急に？

「どうしてだ？」

「まだ一回しか作ったことがないのに、道具にすぐ手を出すのはあれかなって」

「でも道具があると、やっぱりモチベが上がるだろ？」

「上がりますけど……次はアルミパンとか、欲しくなりそうですし」

「そのくらい、一緒に買ってやる。美味いパスタが食えるなら安いもんだ」

「……本当は、パン作りも興味あります」

「いいな。朝から手作りパンとか、絶対に美味いに決まってる」

「でも今のオーブンレンジじゃ、小さくてすぐに物足りなくなりそうです」

我が家のオーブンレンジは、一人暮らし用の小さいサイズだ。コンビニ弁当一つで一杯一杯だ。

「仕方ない。そのときは買い替えるか」

「あ、そういえばそろそろカレー粉が切れそうなので……これを機会にスパイスにも手を出してみたいです」

「その道は沼なのは、俺でもわかる」

「はい、沼です。キリがないですね」

レナは悩ましげに眉根を寄せた。

「そうやってあれもこれもと欲しがったらキリがないので止めておきます」

あっけらかんとレナは言った。

同じ屋根の下で暮らすようになって、もう七ヶ月目だ。それは本音でありながらも、裏に本心を隠していることくらい読み取れた。

これは欲しい物を前にした諦めのいい子供。自分には必要ないと言い聞かせ、相手を安心させる取り繕った笑顔だ。

レナはそっと、クロスケに目を向けた。

「クロスケを迎えてくれただけで、わたしは充分です」

尊ぶように、心からの喜びをレナは口にする。

ああ……そういうことか。

レナが隠したつもりの本心に行き当たり、胃が重くなった。

クロスケを迎えるに当たり、猫にかかる費用を調べた。

年間にすると十三万三千円。これが最低ラインだ。初期費用がかかっていないからまだ実感はないが、今後出費が増えるのは明らかだ。

底辺社会人でこそあるが、生まれてこの方金にだけは困ったことはない。毎日終電帰りでひいひい言うことはあったが、食べるものに窮して腹の虫を鳴らしたことはなかった。

なにせ俺は、身の程を弁えている。

見栄でブランド物なんて身につけない。

飲み屋の女に入れ込んだりもしない。

旅行に行ったのなんて、それこそ修学旅行が最後。ガミの店で集るようになってからは、家で缶ビールを開けるだけでも贅沢と思うようになった。

禁欲的な生活とは程遠いが、左団扇の生活とは無縁である。

なるべく安上がりの娯楽で己を満たしながら、毎月いくらかの貯金をする。一人で生きていくのなら、それなりに余裕のある暮らしはできていた。

そこにレナが加わって、毎月の貯金額が減った。更にそこに、クロスケが加わった。来月からは、貯金額がどこまで減るか。

俺の稼ぎがどのくらいであるかは、レナには一度伝えている。食費や光熱費、毎月の固定費もどのくらいであるかもレナは把握している。

レナに渡された金には、まだ手をつけていない。増えることのない小金に手をつけると、金銭感覚が狂うからだ。手をつけるかどうかは、月の収支がマイナスになってから考えるとレナには告げていた。

だから、レナは遠慮したのだ。

たった一万円ちょっとの、高いものではないのだ。

いい歳の大人がこの程度の物を買うのに、子供に遠慮させてしまった。

「そう、か……」

そんな自分を、生まれて初めて情けないと思ってしまった。

◆

職場のデフォルト環境音は、打鍵音とため息と舌打ちである。台パンや怒声が飛び交うスラム街《オフィス》を経験してきた身としては、この光景はまさに蝶が飛び交うお花畑である。ただし耐性がない者には、ドヤ街くらいの眺めに見えるかもしれない。

「あの、すみません」

その声は火傷痕に触れるかのように遠慮がちだった。

勇気を振り絞って投じたつもりの石は、周囲に影響を及ぼすことなくすぐデフォルト環境音に飲まれてしまった。打鍵音だけならまだいいが、投じられた一石と関係のない舌打ちも鳴ったのだ。

そんな奇禍に見舞われたのが、誰であるかは首を向けずともわかっていた。バックレた奴隷の補充要員だ。それもここ数年、ずっと空いたままの枠を埋めるべく選出された、期待の大型新人《けいやくしゃいん》くんである。

今年で二十一歳を迎えた彼の仕事ぶりは、ここ数年見てきた補充員の中では断トツ最下位。戦力にならない役立たずであった。それでも奴隷船から補充されたわけではなく、業務未経験者にかかわらず自社で雇った人員である。その意味をわからない社員は、このオフィスにはいないはずだ。

「あの……すみません」

いないはずだったのだが、返事一つしてもらえない。おそらく仕事の相談だろうに、少しだけ彼のことを哀れに思った。

「田町さん、お時間頂いて、よろしいですか?」

「え、俺?」

慌てて振り返ると、大型新人くんが立っていた。俺に無視されていたと思っていたからか、野暮ったい黒縁メガネの向こう側が心もとなさそうに揺れていた。

すっかり他人事扱いしていただけに面食らってしまった。

「えっと、どうしたんだ……徳田《とくだ》」

言葉に詰まったのは、社会人として相手の名前を間違えるのは大変遺憾だからだ。本人を前に名前を呼んだことがなかったので、『……あれ、徳田でよかったよな』と自らの記憶力を訝しんだのだ。

「確認、お願いしたいんですけど」

「確認？」

「はい、区切りがついたので。一度、お願いします」

徳田はおどおどとしながらも、目を泳がせることなくハッキリ要望を告げてきた。

戦力として扱っていないとはいえ、徳田に仕事はちゃんと与えられている。

仕事といっても、やらせているのは夕飯作りのお手伝いレベル。包丁を使えるようになった子供に玉ねぎを切らせて、一玉一玉切り終わるごとにその進捗具合を確認するのだ。

正直、いないほうがありがたいレベルだ。相手をしなくていい分、一人でやったほうがよっぽど早く仕事が片付く。

でも、ひよこを育てるっていうのはそういうことだ。長い目で見たら無駄なことではないし、俺にもそんな時期はあった。

徳田の扱いを考えると、今までの奴隷のように無下にはできない。正直、期待だってしている。

「片桐《かたぎり》さんはどうした？」

だが、俺に声がかけられたのが不思議でならない。

徳田の教育は、片桐さんに一任されている。それはただ、チームのリーダーだからではない。生来の気質で、押し付けられた面倒事を強くはねのけられないのだ。我らが片桐リーダーはそうやって誕生した。

「歯医者」

ヘッドホンを武装した隣の同僚が、ボソッと言った。

「ああ、そういや途中で抜けるって言ってたっけ」

朝のミーティングで、三時半頃に抜けると言っていたのを思い出した。

ディスプレイの右下に目を落とすと、時刻は四時半であった。後三十分で定時である。

希望を込めて同僚を横目で見やる。

「片桐さん、そろそろ帰ってきますよね？」

「この前は、四十五分待たされたって」

「はぁ？　予約して行ったんすよね？」

「田町は歯医者に行ったことは？」

「生まれてこの方、虫歯一つできたことないっすね」

「歯医者の予約は、三十分遅れがデフォだよ、デフォ」

「うっわ……マジっすか」

「マジ」

一切ディスプレイから目を離すことなく、同僚は淡々と歯医者の闇を語ってくれた。

片桐さんが歯を痛めている裏側で、頭が痛くなってきた。

自分の作業にだけ集中できれば、キリのいいところで終わらせ、残業せず帰れるはずだったのだが……。

そもそもなぜ徳田は、口を利いたことのない俺を選んだのか。俺の席は室内でも端の端、徳田とは離れた隅っこである。

その理由は、オフィスをザッと見てすぐに察した。

誰もがヘッドホンやイヤホンを装備して、話しかけてくれるなと高らかに主張していたからだ。隣の同僚も同じ。会話が成り立つから、音楽なんて聞いていないのは明白だった。

大型新人は目ざとく装備を怠った愚か者を見つけたというわけだ。

ため息をつきそうになったが、そこはグッと堪えた。

徳田に目をやると、真面目な顔を崩さんと必死だ。

今の同僚とのやり取りで、俺が面倒だと思ってしまったことは伝わってしまった。取り繕ってはいるが、その中身は不安と焦燥、そして恐れに苛まれているに違いない。俺もかつて経験してきたものだ。

こうなることは、徳田自身も予想していたことだろう。

片桐さんが帰ってくるまで、仕事をやっているふりをしていればよかったものを。それをせず、真面目に取り組み仕事を進めようとするのは、社会人として素直に褒められるべき美点だ。

折角、佐々木《ささき》さんが連れてきた大型新人。

「ま、片桐さんがいないなら仕方ないな。今行くよ」

上から貰ったものを下へ。

こういうときくらいはいい顔で助けてやらなきゃ、バチが当たるだろう。

◆

結局、一時間も残業してしまった。

ただの確認で終わらせるつもりだったが、ぶっきらぼうな顔をせず親切に扱ったせいか。あっという間に心を開かれてしまい、あれやこれやと質問攻めにあってしまった。

早く戦力になりたいとやる気に満ちるのは素晴らしいことだが、おかげで片桐さんが帰ってくるまでつきっきり。そこから自分の作業をキリのいいところまで終わらせるのに、こんな時間になってしまった。

季節は冬、十二月。

まだ六時が過ぎたばかりにもかかわらず、日はすっかり沈んでいる。

駅に直結している歩行者デッキは、もうじき訪れるクリスマスのイルミネーションで彩られていた。その輝かしい光を浴びているほとんどの者が、カップルではなく帰路へ就く社畜である。

俺もまた、その一人であった。

「お、田町じゃないか？」

悲しきクリスマスロードを歩んでいると、親しげな声がかけられた。

声の主に思い至る前に、反射的に振り返る。

「あ……」

思わぬ顔を見つけてしまい、間抜けな声を上げてしまった。

ツーブロックを施した立体感あるヘアスタイルに、品のいいキャメルのコート。小綺麗な装いはそれだけで若々しく映り、同じアラサーである同僚たちとはまるで違う。……いや、むしろこれが平均的な社会人の姿なのかもしれない。この人が若々しいのではなく、同僚たちが老けて見えるのだ。

かつては貯《たくわ》えていなかった口ひげと顎ひげが、彼を年相応の大人らしく見せた。

「久しぶりだな、田町」

気さくな態度で近寄ってきたその人は、俺の肩をポンと叩いた。

「お久しぶりです、向井《むかい》さん」

第一声は気の利かないつまらないものになってしまった。

俺には足を向けて眠れない人が、佐々木さんの他にもう一人いる。かつて奴隷船に乗っていた俺に目をかけてくれた恩人。それがこの向井さんである。

向井さんが転職で会社を辞めて以来、一度も会ったことはなかった。よく仕事終わりに飲みに連れていってもらったが、プライベートではさっぱりだったのだ。

そんな人に仕事帰りにバッタリ会って、

「ちょっと飲んでかないか？」

こんなことを言われたら断れるわけがない。

逆らえないのではない。思わぬこの再会が、素直に嬉しかったのだ。

改札へ向かうはずだった足は、そのまま回れ右。今日は寒いとか、インフルエンザの蔓延具合とか、乗っていた電車が人身事故を起こしたとか、毒にも薬にもならない話をするだけで、『さて、店はどうする？』なんて話題は一切上がらなかった。

それでも俺たちの足は止まることはなかった。示し合わせなくても行き先はもう決まっていたからだ。

その店は焼き鳥と店名に冠しているが専門店ではない。髪を染めてピアスを付けた今どきの若者が接客してくれる、いやらしさの欠片もない健全な居酒屋だ。お洒落に寛容なのではなく、そのくらい認めなければ人が集まらないのだろう。

「お疲れっ」

「お疲れっす」

カウンター席の奥に通された俺たちは生ビールで乾杯した。

「いやー、ひっさしぶりだな。こうして顔を合わすのはいつぶりだ？」

「向井さんが会社《うち》を辞めて以来っすね」

「あー……もう何年になる？」

「向井さんが辞めたのが確か、俺が二十二になった年だから……」

「いくつになった？」

「今年で二十六になったっす」

「四年か……もうそんなに経つかー」

向井さんはしみじみと呟きながら、卓上に置かれたスマホに手を伸ばした。

着信の通知があったわけではない。かといって見せたいものがあるという流れでもない。

「そりゃあ、こんなところまでスマート化が進むわけだ」

ビールの追加注文のために、スマホを操作しているのだ。

二次元コードを読み込ませるとスマホに表示されるデジタルメニュー。店員を席に呼ばずとも、自分のスマホから注文できるオーダーシステムだ。

まさかこんな形で、四年の歳月を感じるとは。

「でも、なんか味気ないよな？」

ふと、向井さんが憂えるような吐息を漏らした。

「味気ない？」

「馴染みの店だっただけに、店員の顔は大体覚えてただろ？　それって、よく通ってたってだけじゃない。コミュニケーションがあったからだと思うんだ」

「コミュニケーションっすか」

「ほら、キャプテンって覚えてるか？」

「うわ、懐かし。いましたねー、そんな子」

キャプテンとは役割ではなく、バイトの子のあだ名だ。由来はパイレーツ・オブ・カリビアンのジャック・スパロウらしい。その役者に似ていたわけではない。バンダナからはみ出たモサッとした髪を見て、そんなあだ名がついたようだ。

「キャプテンの初バイトの初接客が、俺たちだったからさ。ガチガチのカミカミで、大丈夫かこの子、って思ったもんだ」

「それが一年もしたらキャプテンさんキャプテンさんって、他のバイトに頼られて。あのときのバイトが、すげー成長したもんだと感心したっすね」

「そうやって感慨深くなるのも、注文の度に顔を突き合わせたからだと思うんだ。けど、それも全部、スマホの操作で済むようになっちまった。それがなんか、味気ねーなって」

向井さんは卓上に置いたスマホをつつくようにタップする。

かつて通っていた駄菓子屋の跡地に、雑居ビルが建ってしまったような。過去を惜しむセンチメンタルな気分に浸っているのだろう。

四年ぶりに会う恩人の横顔を見て、浮かんだ思いはただ一つ。

「向井さん。その考えはやばいっすよ」

「なにがやばいんだ？」

「だってそれ、セルフレジが導入されたときの老人の思考っすから」

「あ……」

感傷は一気に吹っ飛び、向井さんは鋭く眉根を寄せた。

「なんだか味気ない。それで止まればいいっすけど、その考えをこじらせると大変っすよ。人の温かみがないとか、接客されている気分にならないとか、果てには店側の誠意や感謝を感じることができないとか。まさにお客様の爆誕っすよ」

「技術が普及するのは素晴らしいことだな。スマート化社会万歳！」

ビールジョッキの中身をグビッと空にして、向井さんは高らかにジョッキを掲げた。そのわざとらしい態度がおかしかった。

折角便利になったものを否定して、不便のままでよかったなんていうのは愚の骨頂。それは相手を慮ることなく、自分本意なことを言っているだけである。

その内、接客業に人の温かみを求めるのは、庶民には手の届かない贅沢になるのかもしれない。

「失礼しまーっす。生二つ、おまたせしましたー」

向井さんが注文したおかわりがもうやってきた。俺の分もついでに頼んでくれたようだ。

残った中身を空にするとジョッキを交換した。

店員はそのまま去ることなく、小さなどんぶりをテーブルに置いた。店の名物である鶏もも肉を丸々一枚使った煮込みだ。

まだつまみの類は注文していないはずなのだが。

「こちら、店長からです」

「店長？」

向井さんは不思議そうにしながらカウンターの向こう側に顔を向けた。

カウンターと調理場は対面式となっており、焼鳥を焼いている光景を見ながら飲むことができる。

手際よく串をひっくり返している、バンダナを巻いた店員と目があった。無言でコクリと頭を下げてきた。

それを見た俺と向井さんは、丸くした互いの目を数秒見合って、ドッと沸き立った。

「ここまで出世したかー」

「まさか店のキャプテンに上り詰めるとはなー」

あれから四年、もう四年。

かつてのカミカミガチガチの新人アルバイターは、店を任せられるまで成長したようだ。

おかげで人の温かみは、まだまだ無料のようだった。

「どうだ、そっちの様子は？　俺が辞めてからなにか変わりはあったか？」

「そりゃ、向井さんの抜けた穴は大きいっすからね。すげー変わりましたよ」

「どんな風に変わった？」

「片桐さんの残業時間が倍になりました」

「ハハッ！　そういや、俺の後はあいつが継いだんだったな。よくやってるか、片桐は？」

「向井さんの後釜っすからね。それはもう楽しそうに頑張ってますよ。口癖は『向井さん帰ってこねーかな……』っす」

「まあ、あいつは残業したくない奴だからな」

「残業したい奴なんて、俺たち兵隊にはいませんよ」

「おまえのほうはどうなんだ？」

「大変も大変。今日なんて、一時間も残業しちゃいましたよ」

「なんだ、一時間も残業ときたか。田町も偉くなったもんだな」

「おかげさまで、偉そうにやらせてもらってますよ」

生意気への皮肉に、更なる生意気な軽口で応じた。

「そういや、そっちに徳田ってのが入ったろ?」

「まさに俺が残業するハメになった理由っす……って、知ってるんすか?」

「あいつを佐々木さんに紹介したのは俺だからな。そうか、おまえが面倒を見てくれてるのか」

向井さんは嬉しそうに笑うと、ジョッキを傾けた。一方俺はジョッキを口に運ぼうとした手が止まり、そのまま目が点となった。

「いや……徳田の教育は片桐さんっすけど」

「ん、そうか?　まあ、どちらにせよ安心だな」

「じゃなくて、徳田が向井さんの紹介って……どういうことっすか?」

「あいつは嫁の従兄弟なんだ」

「ぶっ!　嫁!?」

落ち着きを取り戻そうと口に含んだビールを、ジョッキに吹き戻してしまった。

マジマジと向井さんを見やると、彼はわざとらしくジョッキを左手で持ち上げた。薬指の一部が店の照明で銀色に光っていた。

人の手なんて一々気にしないから、まったく気づかなかった。

「結婚、したんすか?」

「二年前にな。半年前には子供が生まれた」

「子供も、っすか……」

畳み掛けるようにもたらされた四年の変化に、ただただ呆気に取られた。

「それは、その……おめでとうございます」

「おお、ありがとな」

おめでたいという気持ちよりも、驚きが勝ったままだ。それでも予想以上の反応を示したことに、向井さんの面持ちは満足げだ。

「あいつが……徳田が、向井さんの親戚筋かー」

厄介者扱いせず、素直に助けた数時間前の自分を褒めてやりたい。

「あいつはな、田町と似たような境遇なんだ」

「似たような境遇?」

「おまえがかつて乗っていたような船にいたんだ」

「……なんだ、奴隷船出身っすか」

「高校卒業してすぐにな。やる気はあったんだが運がなかった。長く続けても身にならん、面倒な雑務だけをやらされてきたらしい」

大手企業で経験が積める。

ゼロからＩＴエンジニアへ。

イチから教えるから安心して働ける。

甘い謳い文句に誘われ、奴隷船に乗り込んだ者によくあることだ。

その実態は、単純作業やバグチェックばかり。どれだけ経験を積んだところで大して給料は上がらないし、スキルアップにも繋がらない。多重下請け構造の闇である。

面倒を見る傍らで世間話もしたが、徳田は今年で二十一歳になったらしい。貴重な十代をそんなところで無駄にしてきたのかと思うと同情する。

コードを書かせてもらってきた俺は、まだ運がいいほうだったかもしれない。まさに同じ奴隷でも下には下がいるものだ。

「努力は必ず報われるっていうのは、無責任な言葉だよな」

「そっすね。奴隷扱いされる場所で頑張ったところで、上がるのは奴隷としての格だけだ。それを報われたなんて言うのは、マジで無責任っすね」

「折角繋いだ縁が、そうやって消耗品扱いされるのは面白くない」

「それで佐々木さんに頼んだんすか？」

「会社《うち》は育てるってなると、新卒しか採らんからな。ダメ元で連絡を取ったら、二つ返事で会ってくれることになった」

「言っちゃあれっすけど、よく佐々木さんも採りましたね。ろくなもん身についてないっていうのに」

「劣悪な環境でずっとやってきたんだ。それなりに身についたもんがある」

「どんなもんっすか？」

「奴隷根性だ」

酷いものを身につけたもんだと、徳田には悪いが笑ってしまった。

「ま、確かにその根性と向井さんの紹介があれば、佐々木さんもやってみるかってなるか」

うちは一流ホテルとは程遠いが、養護施設としてくらいは機能している。スラム街と比べればイージーモードだろう。

「そういうわけだから、よくしてやってくれ。しばらくは邪魔かもしれんが、なに、すぐに楽させてくれるはずだ」

「向井さんがそう言うなら、残業しない範囲で親身になってやりますよ」

「愛しい嫁の従兄弟なんだ。頼むぞ」

向井さんは大仰な身振りで、俺の背中を叩いてきた。

自覚しているのか、それとも自然と溢れてしまったのか。この既婚者はしれっと惚気けていた。

「愛しい嫁っすか。結婚生活は順風満帆でなによりって感じっすね」

「田町」

「なんすか?」

「結婚はいいぞ」

「はぁ……あの向井さんがまさか、結婚はいいぞおじさんになっちまったかー」

「おまえも早くしろと続けないだけ、まだマシだろ」

開き直るどころか、向井さんは誇るように言った。

確かにその通りだと頷きながら、煮込みの一枚肉を真っ二つにした。半分にした肉を取り皿に載せ、どんぶりは向井さんに差し出した。

「結婚のなにがいいっすか?」

「そうだな……」

考え込むその様は、思い浮かばないのではなく一番を決めかねている風である。

「やっぱり、嫁のおかえりなさいの笑顔だな。それだけでどんな仕事の疲れも吹き飛ぶ」

「あーあー、あっついあっつい」

一口鶏肉を頬張ると、見せつけるように顔を手で仰いだ。

「後、どれだけ遅く帰っても、温かい飯を出してくれるからな。これだけで嫁には頭が上がらん」

「あー、その気持ちわかります。温かい飯が黙って出てくるのは、それだけでありがたいっすよね」

「だろ？　コンビニ弁当をレンチンして、ビールで流し込む。昔の俺は、よくそんなさもしい生活を疑問に思わず送っていたもんだ」

「俺なんて長らくスポンジを触ってないから、お手々が綺麗になっちまいましたよ」

片手をひらひらと振りながらビールを飲んだ。

向井さんはジッと俺の顔を捉えた。

「田町」

「はい？」

「女ができたな」

「……え、あ」

咄嗟に逸らした視界の端で、向井さんはニヤニヤと口端を上げていた。

……やっちまった。

向井さんの結婚生活に共感し、考えなしに口を滑らせてしまった。

まだ二杯目。酔っているほどではないが、浮ついているのは自覚している。久しぶりにこうして酒を酌み交わせたのが楽しかったからだ。

「そんなんじゃないかと最初から思ってたんだが、やっぱりかー」

「さ、最初からって、どういうことっすか？」

「飲みに行こうって決めたとき、誰かに連絡いれてただろ？　バツが悪そうなあの顔は、飯の支度をして待ってくれていた相手がいるからだ」

「うっ……」

鋭い指摘に呻いてしまった。

向井さんの言う通りだ。レナが家で夕食の支度をして待ってくれている。それが直前になって、やっぱり今日は飯はいらないというのに引け目を感じたのだ。

「田町にも、飯を支度して待ってくれる女ができたか」

「い、いや、その……彼女とか、いないっすから」

間抜けなほどに抑揚のない声で応じた。こんな無様な有様でも、まだレナのことを隠し通そうという意思はあるのだ。

家で待っている相手がいない、というのが苦しいことくらいわかっている。なら俺が打てる手は決まっていた。

「レンタル、彼女っす」

「レンタル彼女か」

「そう、お気に入りの娘をキャンセルしたんすよ」

「ははっ！　そういうことにしといてやる」

諦めの悪い苦しい言い訳。それを肴にして飲む酒は、それはもう美味しそうに映った。

あまりの無様さに顔を覆ってしまった。いっそ不敵に笑って、黙秘権を行使したほうがよっぽど格好がついた。

「おまえの気持ちもわからんでもない。俺だって嫁のことは隠していたからな」

「隠してたって……うちを辞める前から付き合ってたんすか？」

「なんかな、言うのが気恥ずかしかったんだ」

口にした言葉とは裏腹に、向井さんはすっきりとした顔をしている。

「なにせ、初めての彼女だったからな。そんな話、同僚にはしたくないだろ？」

「あー、はいはい……わかります」

「わかってくれるということは、覚えがあるってことだな」

「俺の話はいいんすよ」

これでもかと苦い顔をすると、向井さんはおかしそうにしている。

ふと、思いついた。

「向井さんがうちを辞めたのって、奥さんと関係があるんすか？」

向井さんに会社を辞めると言われたときは、まさに青天の霹靂だった。

よく会社を辞める人の特徴、前兆というものがあるが、向井さんにはそれがなかった。本当にある日突然、辞める二ヶ月前に転職すると告げられたのだ。

会社や自分の待遇に不満があるわけではない。キャリアアップを目指した転職だと、あっけらかんとこの店で語ってくれた。

それがずっと不思議だったのだ。向井さんは俺たち同様、元々残業をしたがる人ではなかった。新しい場所で新しいことを覚え、キャリアアップを目指すのに、残業が増えるのは避けられない。それこそ仕事中だけではなく、プライベートも犠牲にしなければならないだろう。

「給料が安いなって、思ったんだ」

「安い？」

「このまま結婚したとして、家族を一生守ってくには俺の給料は安かったんだ」

向井さんはそっと目を伏せた。

「それまでは休み前は飲み歩いて、自炊もせずに外食三昧。なにかを我慢して生きていたつもりはなかったが、まあまあ貯金はできていた。一人で生きていく分にはなにも困っていなかったし、将来の不安はなにもなかった」

「それが奥さん……彼女ができて、変わったんすか」

「今までは行かなかったような場所に足を延ばした。今まで縁がなかったものに手を出すようになった。一人分で済んでいたものが二人分になった。そうなって初めて、財布の中身を気にするようになったんだ」

「こういうのは男が出すもんだって、やってたんすか？」

「向こうは新社会人だったからな。見栄くらい張りたくなるだろ？」

向井さんの年齢を思い出し、頭の中で計算してみた。向井さんが二十歳のとき、向こうは中学生だという答えが出た。

喉まででかかったものをグッと堪えた。色々とブーメランが返ってきそうな気がするからだ。

ここは黙って、神妙に頷くのが吉である。

「結婚を意識するようになってから、この財布で家族を養っていくことを考えるようになった。大人二人で生きていくならいいかもしれんが、子供ができると話は変わってくる」

「子供一人育てるのに、二千万以上かかるんですっけ？」

「そうなると、今までのような生活はまずできん。一に節約、二に節制、三四五はその類語だ。我慢して我慢して我慢して、家族全員が我慢さえすれば、子供に好きな大学くらいは選ばせてやれる」

ふっと向井さんは吐息を漏らすと、

「子供にゲーム機一つ、気楽にポンって買ってやれない。そんな自分を想像すると、なんだか情けないなって。そのとき初めて、俺の給料は安いなって思ったんだ」

かつての自分に苦笑いを浮かべたのだ。

胸が打ち付けられるかのような鈍痛が走った。思わず、あ、と音になりそうな声を飲み込んだ。

向井さんが考え至ったそれは、まさに俺が先日思ったことだ。

あのくらいのものを買うことを、子供に遠慮させてしまった。そんな自分がただただ情けなかった。

向井さんはそうなる前から、そんな未来を想像した。そんな情けない未来を回避するために、

「だから、転職を決めたんすか？」

「ああ。あそこはいいぬるま湯だったが、キャリアアップを目指すなら物足りないからな。

それは間違ってなかった。今の会社で身を粉にした分、リターンは大きかったからな」

苦労した分だけ報われた。その喜びを祝うように向井さんはビールを呷り、スマホに手を伸ばした。つまみの注文がまだだったのを思い出したらしく「適当に頼むぞ」と言われたので、『はい』とも『ええ』ともつかない声で応じた。

子供のことで、情けない思いだけはしたくない。

まさかそんな考えを胸に秘めていたとは、向井さんが辞めたときは夢にも思わなかった。向井さんは一人で生きていく人だと信じてすらいた。それがまだ、家族ですらなかった者のために。これから生まれてくる家族のために、楽である今を捨て、新たな場所で頑張ることを選んだ。

奴隷の頃と比べれば、少しはこの人に近づけたかと思っていたのだが。あの頃より一層遠ざかったかのように感じた。

「けど……辛くなかったんすか？」

「なにがだ」

「残業が増えただけじゃなくて、休みの間も勉強しなきゃならないんすよね？」

「この四年でかなり資格が増えたな」

「そこに、家族に使う時間っていうのも増えたんでしょう？　もう、自分に使える時間ってないんじゃないですか？」

「そうだな。俺の時間のほとんどは、家族と仕事のために費やしてる。自分の時間なんて、こうして飲むので久しぶりだ」

向井さんはニカリと白い歯を見せてきた。

久しぶりに使った貴重な時間が、俺と飲むことなんて。申し訳ないと思うと同時に、この時間は自分のためだと言い切られたのが面映ゆかった。

「そうやって、家族と仕事に全部時間を取られて、辛くないんすか？」

だからこの人は、本当に大丈夫なのか心配だった。

今まで一人で、自由に生きてきた人だから。家族を作ってみたはいいものの、今までの自由がすべて縛られ、実は息苦しいのでは。俺の知っている顔をしているが、その水面下では白鳥に倣っているのではないか。

「それがな、まったく辛くないんだ」

心配は杞憂だと、頼もしそうに向井さんは頷いた。

「なにせ、これといった趣味がなかったからな。独身時代はただ、手軽な楽しみで時間を潰していた。そうやって、ただ人生の暇を潰していただけなんだって気づいたんだ」

昔の自分の生き方には一切の未練がない。それどころか、つまらない生き方をしていたもんだと自虐的だ。

家族との時間を、まさに宝石のように尊んでいた。

「子供が生まれて、それが更に変わった。子供の成長は早いからな。一秒でも長く側にいたい、成長を見守りたい。そう思う反面、もう一時間頑張れば、それがミルク代になる。二時間頑張れば服を買ってやれる。終電まで頑張れば玩具を買ってやれる」

そして仕事に対しての向き合い方が変わった。

「そうやって頑張って積み上げてきたものが、嫁と子供を守ることに繋がる。そう考えると残業なんてまったく苦じゃない」

あまりにも清々しいその顔が、俺には眩しく映った。

守るものができた。そのためならどんな苦労も惜しまないし、どんな辛いことがあっても踏ん張れる。

自分のためではなく、守るもののためならなんでもできる。それが結局、一番自分のためになる。

ああ、この人は大人になったんだな。

俺はただ、年齢を重ねただけの結果、大人として扱われているにすぎない。向井さんと同じ大人だなんて、口が裂けても言えやしない。

　そんな俺が、向井さんの心配をするなんてそもそもおこがましいことだった。俺は黙って、大人に教えを乞うていればよかったのだ。

「ついでに面白くないことを聞きますけど、いいっすか？」

「いいぞ」

「怖く、ないんすか？」

「怖い？　なにがだ」

「なにかの不運で、あっさり家族を失うことってあるじゃないっすか。そうなったとき、今までなんのために頑張ってきたんだって、なりそうじゃないっすか。それが怖くないんすか？」

「怖いに決まってるが、そんな心配していたらなにもできんだろ。大事なのは、今だよ、今」

　俺が抱える悩みを、あっけらかんとした表情で一蹴した。

「将来情けない思いをしないためにも、少しでも多くのものを積み上げる。俺はそうやって、家族を大事にしていきたい。隕石が降ってきたときはそのときだ」

第四話　否融通社会軌条ノ機関者②

九月も下旬に差しかかり、シルバーウィークに突入した。

世間では待ちに待った連休でこそあるが、私自身あまりありがたみを感じていない。なにせまだ、夏季休業《なつやすみ》の真っ最中だからだ。

大学の夏休みは長い。数字の上では知っていたが、いざ体験するとこんなにも休んでいいのかと戸惑った。

北海道の高校の夏休みは三十日もない。それが倍近く膨らんだのだから、休みの半ばを過ぎた辺りで罪悪感を覚え始めていた。

大学生活初めての夏休みは、人生で一番楽しめた長期休暇だ。

大学でできた友人たちと、色んな夏のイベントを体験した。親友と二人きりで旅行へ行った。久しぶりに時間を気にせず趣味に没頭できた。

活動範囲が広がっただけで、やっていることは去年までとあまり変わらない。それでも大学生は未成年なりに、大人の真似事が許されるようになった。夜遅く出歩こうとも、泊りがけになろうとも、大人たちに目くじらを立てられることはなくなったのだ。後はもう、家族に門限を課せられるかどうかの問題であるが、私にはいらない心配だ。

なにをするにも、子供だから許されないということがなくなったのだ。後の制限は、飲酒と喫煙くらいなものだろうか。

夏休みにしたいことは大体やった。でも一つだけやっていないことがある。

帰省。大学に入ってからというもの、私は一度も家に帰っていないのだ。そうやって後回しにしてきたものを、ようやくシルバーウィークに実行した。

快晴の東京から厚い雲で覆われた札幌。

二時間前までは外で汗を流していたはずなのに、飛行機を降りた途端肌寒さに身震いした。家に帰るとそれらに同時に襲われるなど、このときは思いもしなかった。

今回の帰省にいたって、父さんには連絡を入れた。

返信はただ一言、『わかった』だ。

家族で旅行に行こうとか、せめてご飯だけでも食べようとか、忙しいなりに時間に都合をつけて会おうとか、そういうのは一切ない。父さんがわかったのは、お手伝いさんに伝えておく、だ。

こうなることはわかっていたから、ガッカリなどしていなかった。むしろ慣れない家族サービスはご遠慮願いたい。勤め先の社長と私的な旅行や食事なんて、楽しくもなんともないからだ。

自慢の娘役として、外に連れ出される業務はない。それだけで朗報であった。

今回の帰省は丸々自由というわけだ。

私は父さん《しゃちょう》に会いたくて帰ってきたわけではない。

大切な家族に会いたくて帰ってきた。

正直、緊張している。

部屋にこもって以来、楓にとって私は口うるさいだけの姉でしかなかった。

特に身だしなみについては、いつだって強い言葉を使って強要した。衣類については強引に連れ出して見繕ってきた。

人間、見た目じゃない。これがただの綺麗事だと実感しているからこそ、疎かにさせるわけにはいかなかった。

人の中身なんて目には見えない。だから新たなコミュニティができたとき、見た目から入るのだ。学校というコミュニティは、まさにそれが顕著となって表れる。

見た目の良し悪しは人の反応を変え、それだけで付けられる仲間《みかた》が変わってくる。敵をまったく作らないとは言わないが、身なりを粗末にしているときの待遇よりはいいに決まっている。

楓がまた学校に通い始めたときのことを考え、私は手を焼いてきた。それで嫌われることになったとしても、楓が社会《がっこう》に戻るとき、それが一番役に立つものだと信じてきたからだ。

楓の進学先は、私の母校である私立の進学校。自由な校風でこそあるが、線引きはしっかりとしており、踏み越えた者は厳しく罰せられる。イジメなどはもっての他なので、治安と民度も高く、安心して通える学校だ。

楓は才能だけではなく、見た目も恵まれている。息を殺すようにジッとしていたって、クラスの中心人物たちは放っておかないだろう。

他人とのコミュニケーションを楓はずっと放棄してきた。疎かにしてきた分、最初は上手く接することはできないかもしれない。それでも悪意にさえ晒されなければ、想像していたよりも学校は怖い場所ではないとわかるはずだ。

便りのないのはよい便り。

連絡が誰からもないということは、最初の一歩を乗り越え、学校に通えるようになったということだ。なら私が家を出たときと比べて、楓は大きな成長を果たしているだろう。

それが楽しみである分、怖いのだ。

うるさいだけの姉であった私を、今はどのように捉えているのか。

私が無理矢理強いてきたことは、学校生活で楓のためになったはずだ。

感謝をしてもらいたいわけではない。

恩を感じてほしいわけでもない。

嫌々覚えさせたものが役に立ったならそれだけで報われるのだ。

楓が幸せになれるのなら、最後には嫌われても構わない。そう感じていながらも、やはり嫌われたくないし、好かれたいのが人情である。

幼い頃のようにベッタリしてほしいわけではないが、一緒にご飯でも食べながら、今日まであったことをあれこれと話したい。欲を出すのなら一緒に外出し、買い物などをして楽しい時間を過ごしたい。

家庭教師で頂いたお給金は、そのために使おうと財布に忍ばせてきた。

夏休みの最後を、素晴らしい形で収められるか。その結果を前にして、不安と期待が胸の内で同居していた。

「……ふぅ」

小さな深呼吸をした後、一年ぶりに楓の部屋の扉を叩いた。

「楓。今帰ったわ」

扉越しに呼びかける。しかしいくら待っても返事はない。

「入るわよ」

声をかけ直し、扉に手をかけた。

内鍵がある部屋だ。鍵がかかっているならそれで、入ってきてほしくないということ。そこからいつも、次の用件を告げるのだ。

返事がない中、鍵がかかっていたら傷心もの。楓が私を拒絶しているなによりの証だ。

覚悟して手をかけた扉は、あっさりと開かれた。

机の上はノートパソコンとパソコンモニターが一台のみ。部屋主の嗜好を感じられるものはその二つだけ。最低限の家具は揃えられているが、余計な小物は見当たらない。これを見て女子高生の部屋だと誰が思うだろうか。

上京する前となに一つ変わらぬ光景だ。

楓らしさが変わらぬままの部屋は、年頃の女の子がと心配したらいいのか、判断がつかぬところだ。

そんな先で、ふと違和感を覚えた。

もう昼間であるにもかかわらず、室内はどこか薄暗い。カーテンが閉め切られたままなのだ。

ここは二階であり、外から覗かれる心配はない立地だ。部屋にこもっているときの楓は、昼間にカーテンを閉め切ったりはしなかった。

室内は散らかっていなければ埃っぽくもなく綺麗なものだ。ベッドも起き抜けの雑然さはなく、皺一つなくベッドメイクされている。

楓は部屋に人を入れたがらない。寝具の洗濯こそお手伝いさんに任せているが、室内のことは全部自分でやる。

目の前に広がる光景は、楓が手を入れたようには見えずしっくりこないのだ。学校に通うようになり意識が変わったといえばそれまでだが、なぜカーテンが閉め切られたままなのか。

なにより室内の匂いが変だった。異臭がするとかではない。同じ家でありながらも、個室は部屋主の匂いが染み付くものだから。楓の部屋にはかつてあった匂いはなく、廊下から続くただの家の匂いしかしないのだ。

まるで長らく部屋主が不在であるかのようだった。

「あら、お帰りなさい椛ちゃん」

呼ばれて振り返ると、我が家のお手伝いさんが立っていた。

今年で六十歳を迎えるとは信じられないほどに若々しい彼女は、久しぶりに会う親戚に向けるような微笑みを浮かべていた。

「ただいま磯野《いその》さん」

違和感から引き離されるようにして、その微笑みに顔が釣られてしまった。

母さんが亡くなってから、父さんに雇われた磯野さん。家事の一切を取り仕切る彼女は、いい意味で仕事と私事の区別をつけてくれる。

必要以上に私や楓の私生活に踏み込まない。かといって私たちに無関心というわけでもない。仕事で面倒を見てくれているとはいえ、お願いや相談がしやすい温かみもある。だから私たち姉妹にとって、この家で暮らすには欠かせない人だった。

磯野さんの凄いところは、楓とコミュニケーションを取れることだ。最低限の受け答えで、楓の要望に最大限に応えてきた。だから楓が引きこもるのに困らなかったとも言えるのだが。

磯野さんは階段から上がってきたのではない。廊下の人の気配を察し、私の部屋から顔を覗かせたのだ。それが示すことは、

「お休みの日にわざわざ、私のために来てくださって。ありがとうございます」

私が快適に休みを過ごせるよう、部屋周りを色々とやってくれていたようだ。

「ああ、いいのいいの。この一年、やることがほとんどなくなって、暇だったくらいだも

の。それなのに頂く分は変わってないんだし、こういうときくらいは働かないとね」

磯野さんは手を振りながら言った。

私一人いなくなるだけで、暇というほど手間がなくなるのか。

疑問を抱きながらも納得しようとすると、

「それで……楓ちゃんは元気にやってるかしら？」

磯野さんは私が聞きたいことを問いかけてきた。

ここ数日、楓が体調を崩しており、今日の容態を聞いているのかと思った。すぐにそれは違うと思い直す。磯野さんは見ての通り、私より早くこの家にいるのだ。ならその問いかけはあまりにもおかしかった。

「え、と……」

「ほら、私が最後に楓ちゃんを見たのは、あれだったから……。便りのないのはよい便り、って言うじゃない？　姉妹二人で上手くやっていけているものだと思っていたけど、長い間見てきた子だから……」

「ま、待って、ください」

慌てて私は口を挟んだ。

飛行場にいたるまでかいたものが、背中から噴き出した。

飛行機を降りたときのような肌寒さに、ぶるりと震えた。

「二人で上手く、やっていけてる……？」

「え、ええ。……楓ちゃん、椛ちゃんのところに行ったのでしょう？」

狼狽えそうになるのを必死に抑え込む磯野さんの態度。その姿は私ではなく、自身に言い聞かせるようだった。

脳裏によぎったものは、あってはならない可能性だと言うように。

「……なんのこと、ですか？」

声を震わせながら、私はその可能性を肯定したのだ。

◆

「ねえ、椛。楓のことで無理はしてない？」

あれは母さんが亡くなる一週間ほど前の話だったか。

当時小学生であった楓が眠りについた夜更け前。リビングでゆっくりしていると、ふいに母さんがそんなことを言い出した。

「無理って……なんのこと？」

母さんの意図がわからず首を傾げた。

「楓って、学校の友達はいるようだけど……家に連れてくることはないし、行ったりもしないでしょう？　いつも家にいて、私か椛の側にいるじゃない」

母さんは嬉しいのか困ったのかわからない半端な顔をする。

その通り、楓はいつだって私か母さんにベッタリだ。

一緒に遊んでくれとせがんでくるわけじゃない。私が勉強をしているのなら一緒の部屋でする。私がいないなら、母さんの目が届く場所でやる。私たちと一緒の空間で時間を過ごせるのならそれでいい。

我が儘は言わないし手はかからないが、甘えん坊な妹なのだ。

親離れと姉離れ。いつかそれができるのだろうか。そんな心配をする反面、可愛い妹にここまで好かれているのは嬉しくもあった。

「私の時間が楓に取られていないか心配ってこと？　なら大丈夫よ。これでも私のペースで楓と接してるから。無理なんてしてないわ」

「ううん。そうじゃないわ」

母さんはかぶりを振った。

「楓はなんでも椛と一緒のことをしたがるから……辛いなら無理しなくてもいいのよ？」

「ああ、そういうこと」

母さんの心配にすぐに思い至った。

楓はいつだって私の真似をしたがる。髪型はもちろんのこと、服は新しいものより私のおさがりを求めた。そうやって外見から入って、私のようになりたがる。身の回りの小物から普段遣いの筆記用具までお揃いだ。

ここまではよくある、姉が大好きな妹。

私は楓のことを鬱陶しいとは思ったことはないし、むしろここまで慕ってもらえて嬉しいくらいだ。母さんはそんな私を承知している。

母さんが問題にしたのは、その先にあった。

勉強に対して真面目に取り組む。楓はそんな私の姿勢を真似て、勉強は常に一番であった。予習をしっかりするだけではない。同級生を置き去りにして、はるか先へと勝手に進んでいるのだ。

学年分の勉強を修めたら、次の学年分へと取りかかる。わからないことがあれば私や母さんに聞いてきた。父さんも教育には経費を惜しまないので、教材に困ることはなかった。

誰からも強要されていないというのに、楓は勉強ばかりをしていた。遊びたいざかりとは一体なんのことかと。まるで趣味に没頭するかのように。

そうして楓は小学二年生にして、

「これで姉さんと一緒の勉強ができる」

私立の中学受験を見据えていた私に追いついてきた。

楓は勉強が面白かったわけでも、学ぶのが楽しかったわけでもない。ただ私と同じことをしたかっただけなのだ。一緒のことをやりたいという動機だけで追いついてきた。それこそ同じテストをやらせたら、私が取れなかった満点を当然のように取るほどだ。

ここまで優秀なら、私を置いてもっと先へと進めるはずなのに。それをしなかった。

楓はただ、私と足並みを揃えて、一緒の勉強ができれば満足だったのだ。

学力が追いついた楓には、大きな時間が空いた。なら次はどうしたか。

私の趣味を真似たのだ。

将来、パイロットになりたい、お菓子屋さんになりたい、と皆が手を上げる横で、絵描きになりたい、と幼い私は言ったのだ。そのくらい絵を描くことが好きだったのだ。

文野家の父親は、あくまで社長である。それが目指せないのは小学校に上がる前から受け止めていた。

現実を受け止めていたとはいえ、筆を折ることはしなかった。趣味でやるくらいは許されるだろうと続けたのだ。

道具の準備や後片付けを考え、たどり着いたのが鉛筆画。プロとは言わずとも、我ながらそれなりの画力だという自負はあった。

先日、楓と同じものを描いたのだが、なにも言わず友人たちに見比べてもらった。どちらが上手く描けているかを聞いたら、私が描いたものは誰も選ばなかった。母さんに同じことをしたが結果は変わらずだ。

そうやって楓は、私の真似をして追いついてきたかと思えば、必ず一歩先へと進むのだ。私を置いて先に行けるはずなのに進むことはしない。私と同じことに取り組むことを目的にしているからだ。

三歳も離れている妹に、こんな形で才能の差を見せつけられている。母さんが私の自尊心を心配するのは仕方ない話だろう。

「それこそ心配なんていらないわよ」

だからそれは、いらぬ心配だと告げた。

「だって楓は、私を追い抜きたいんじゃない。追いついて一緒に歩きたいから頑張ったんだもの。それって楓に好かれているなによりの証でしょう？　ならその結果が喜ばしくあっても、羨ましいとか妬ましいなんて思わないわよ」

楓には悪意がない。悪気もない。

楓が生み出した結果と成果は、姉妹愛のなによりの形なのだ。それで自尊心が傷つき、劣等感を抱くほど、私の妹への愛は安くはない。

「私にできないことが楓にできる。それに困ることなんて一つもないわ。損なんてないの。妹の優秀さを僻むなんて、姉とか以前に一人の人間としてみっともないじゃない」

「そうね。椛の考えは正しいわ」

言葉とは裏腹に、母さんの声音には影が差していた。

「でもね、椛は『正しい』ことに真面目すぎるから心配なのよ。正しいからって自分を押し殺してないか。我慢して苦しくないかって。……辛いなら無理しなくてもいいのよ？」

母さんは同じ言葉を繰り返した。

なぜそこまで心配されているのか。子供なりに当時の私はわかっていたつもりだ。

自分を押し殺し、我慢して苦しんで、溜めに溜め込んだ先にたどる悲劇がある。

逃げ道として終わりを求めることはないとしても、辛いだけの生き方をしていないか。

母さんは私の幸せを願ってくれているからこそ、今の生き方が辛くないのか。辛いのなら無理をしなくていいと言ってくれている。

母さんの愛情は素直に嬉しい。

「私はね、真面目だから正しいことを選んでるんじゃないの。母さんの娘として、楓の姉として、胸を張れる自分でいたいだけ。その結果、正しいことをしているだけなのよ」

　なら恥ずかしがっている場合ではない。

　自分のあり方を、素直に言葉にすることにした。

「二人を前にして、胸を張れない真似をするほうが、私には我慢ならないし苦しいわ。だから真面目であることが、私にとって一番楽で楽しい生き方なのよ」

　母さんが私の母さんであったからこそ、私はこのように育った。

　妹が可愛くて大好きだからこそ、立派な姉であることを自分に課した。

　これは全部自分で決めた生き方。与えられ、求められたあり方に流されたのではなかった。

　幸い、私はこの生き方を通せる能力と環境に恵まれた。なら今更、こんな楽な生き方を手放せるわけがない。

　こんなにも幸せなのだ。それを捨て去りたいと願うほど、私は自虐趣味ではないのだ。

「ほんと、できた娘を持てて幸せだわ」

　母さんは憂いをなくしたように笑みをこぼした。そのえくぼは私の真意に裏はないとちゃんと伝わった証だ。

「これなら安心して、楓を任せられるわね」

「言葉の裏に、自分がいなくなっても、って聞こえてくるんだけど」

明るい声音に潜む裏を悟り、眉根を寄せてしまった。

「……実は余命宣告を受けた、なんて言わないわよね」

「大丈夫よ。ここ十年、風邪一つ引いてないわ」

「母さん……あんまりドキリとするようなことは言わないで」

「ごめんね。でも――」

母さんはそっとテレビに目を向けた。

流れているのはニュース番組。昨日起きた交通事故について報じられている。

高齢者の運転する車が歩道を暴走し、信号待ちの歩行者を巻き込んだ。十数人の被害者を出した事件であり、朝見たときと比べ、死者の数が二人増えていた。

「今の世の中、なにがあるかわからないから」

母さんは私に視線を戻した。

「椛は一人でも乗り越えてくれると信じてるけど……楓は現実を受け止めるだけでも難しいでしょうから。それこそ一人で立ち上がる期待をかけるのは、酷なくらいにね」

母さんは憂えた面持ちで、そっと吐息を漏らした。幾ばくかの沈黙の後、意思を固めたように顔を上げた。

「子供に言うことじゃないのはわかってるけど……椛もお父さんのことは、割り切っているようだから言うわね。私にもしものことがあったとき、楓のことはあの人にだけは任せたくないわ」

「同感。私も父さんにだけは、楓を任せたくないわ」

力強く頷いた。

「だから安心して。そのときはちゃんと、楓の手は私が引くわ。母さんのためだけじゃない。私が楓と仲良く歩いていきたい。それが私にとっての一番の生き方だから。これだけは間違えないと約束するわ」

「ありがとう、椛。そのときは楓をお願いね」

胸を張っている私に向かって、安堵するように母さんは微笑んだ。

「でも、これだけは覚えておいて。椛が辛くて苦しいのを我慢するくらいなら、楓のことはどこかで折り合いをつけなさい」

母さんは表情を変えず、そんな風に言い含めてきた。

まるでなにかあったときは、楓を見捨てろと聞こえた。楓を頼むと言われた先のことだから、狼狽えるように目を丸くしてしまった。

「お姉ちゃんだから妹のために我慢しなさい、なんてことは絶対に言わないわ。なにかあったとき、楓のために人生を犠牲にする必要なんてない」

ただし、そういう意味でもたらされたのではないとすぐに知った。

「だって私は、楓と同じくらい椛には幸せになってもらいたいもの」

母さんは私を、楓の姉ではなく、自分の娘として想ってくれているのだと。

◆

懐かしい夢を見ていた。

今の世の中、なにがあるかわからない。

母さんが急にあんな話をしたのは、虫の知らせだったのかもしれない。自らの終わりを予知していたかのように、あの一週間後に帰らぬ人となってしまった。

「……ん」

目を開けるとリビングの天井があった。育ってきた家のものではない。すっかり我が家と慣れ親しんだ、東京のマンションだ。

どうやらソファーに身を投げ出すようにして、眠ってしまっていたらしい。

昼過ぎに帰ってきたはずなのに、部屋には日が差し込んでいない。それほど長く眠っていたようだ。

ぐっすり眠っていたはずなのに、身体は未だにぐったりとしていた。明かり一つ点けるのに倦怠感を覚えるほどだ。帰宅後、着替えもせず眠っていたからではない。シルバーウィークに溜めてきた疲労、心労は睡眠一つで回復するほど安くはなかったようだ。

楓が家出をしていた。それも五月のゴールデンウィークに。

今は九月の下旬。便りのないのはよい便りと信じ切って、父さんも、磯野さんも、そして私も、つい最近まで気づかなかったのだ。

あまり家に帰らない父さんも、このことを知らせると帰ってきた。しっかりスケジュール分を消化してきたのか、久しぶりに顔を合わせる頃には日が暮れていた。

帰ってきた父さんがまずしたことは、「おまえは待っていろ」と私をリビングに留め、それまで残っていてくれた磯野さんを帰すことだった。十分経っても戻ってこないことから、色々と言い含めているのかもしれない。

リビングのソファーはローテーブルを囲うように、L字に配置されている。テレビと向き合う形で、私はソファーの端でただ項垂れるように俯いていた。扉が開く音がすると、膝上の手がくしゃりとスカートに皺を作った。

久しぶりに会った娘の隣に座る気配はない。それどころか座ろうとする気配もなかった。

顔を上げると、私とは反対のソファーの端で父さんは立っていた。腕を組みながら、煩わしい問題に直面したような顔をしている。とてもじゃないが娘を心配する父親の姿には見えない。

「……なんで、なの？」

その顔が気に障り、沈黙を破ったのは私からとなった。

「なんで楓が家を出たとき、連絡の一つもしてくれなかったの？」

恨みがましい気持ちが、私の眉間に皺を作った。そんな娘の態度に父さんは怯むこともなければ、怒ることもしない。馬鹿馬鹿しそうに鼻を鳴らした。

「今更、そんなくだらん話をする意味があるのか？」

「くだらなくなんかない！　大事なことじゃない！」

「大事なことだって言うが、私が悪いと責めたいだけだろ？　それでアレが見つかるなら、喜んでその大事な話をしてやるが……建設的な話になるのか、それは？」

くだらなそうに父さんは私を一蹴した。

「そうだな。あのときおまえに連絡をしなかったのは私のミスだ。その非は認めよう。これでいいか？　なら、これからの方針についての話をしたいんだが」

非を認めはするが、まるで父さんは悪びれていない。娘の我が儘をあしらうような振る舞いだった。

咎めるように父さんを睨めつける。ただ黙ってそうし続けると、父さんはしょうがないと言うように吐息を漏らし、

「椛、大学は楽しいか？」

脈絡もなく父親らしいことを聞いてきた。

「親の目の届かない場所での一人暮らし。綺麗な部屋で食べるものには困らない。それどころか遊ぶ金の心配すらない大学生活だ。きっと、楽しいだろうな」

ただその声音は蔑むように冷たかった。

「それこそ、楓のことなんて忘れるくらいに」

「……っ」

傷口に触れられたように怯んでしまい、悲鳴を飲み込むように喉を鳴らした。

痛いところがよくわかっている父さんの目には侮蔑の色が浮かんでいた。

「椛、なんで今までおまえは、楓の近況を知ろうとしなかった？　私に話を聞くのが嫌だとしても、磯野と連絡を取ることくらいはできただろう？」

「それ、は……楓が上手くいってると、思ってたから……」

あえぐように私は言った。

「思ったからどうした？」

「私が……連絡すると、変に、甘えを抱かせるかもしれないから……」

「椛、それは今考えた言い訳か？」

追い詰めようとする心積もりはなく、ただ不思議そうに父さんは問うてきた。

「それとも本気で、そう思ってたのか？」

「……あ、その」

品定めのように目を細める父さんから逃げるように俯いた。

今振り返ると、なんで私は本気でそんなことを信じていたのだろう。かつてした自分の判断が理解できず、それがますます私の返答を言い訳がましいものにした。

きっと誰もが、私が言い訳を言っているようにしか聞こえないだろう。

「信じられんな……。あのおまえが、そんなバカなことを本気で考えていたなんて」

父さんはそれを信じた。娘の言葉に嘘はないと、父親として判断したのだ。

娘の無様な一面を前にして、我が目を疑うようにゆっくりとかぶりを振った。

「私に楓と関わってほしくない。普段からそんな態度を取っておいて、いざ家を出たら楓の近況を知ろうともしない。その様でよく『おまえ一人だけ悪いんだ』という態度を、恥ずかしげもなく見せられたもんだ」

父さんは呆れたように言い捨てる。

「大学に行かせて一番成長したのは、その面の皮のようだな」

嘲笑いすらしてくれない。ただただ娘の有様に見下げ果てていた。

私は連絡してくれなかった父さんを責められる立場ではなかった。父さんの言うことはあまりにもまっとうであり、真理をついていた。まさにどの面で言っているんだと、私のほうが責められるべき立場であった。

それでも私は折れることなく、奥歯を噛み締めながら睨みつけるのは止めなかった。

「父さん……偉い人と家族の縁を繋ぎたいそうね」

連絡を怠っていた非は全面的に認めてもなお、父さんには責められるべきものがある。

「そのために楓を使うつもりだなんて、娘をなんだと思ってるの？」

「余計なことを……」

父さんはバツが悪そうに、小さな舌打ちをした。

余計なこととは、私に言っているわけではない。帰ったばかりの磯野さんに向けたものだった。

入学一日目で心が折れた楓は、あっという間に元の日常へと戻ってしまった。学校へ行くようどれだけ言っても響かぬ楓に、業を煮やした父さんも諦めたようだ。

「学校へ行きたくないならそれでいい。だがな、タダ飯食らいを育ててきたつもりはない。社会に適応できないならできないなりに、ちゃんと役に立ってもらうぞ」

自慢の娘になれない楓に、新たな役目を求めたようだ。

二回りも年上の相手へ嫁に出す。縁を繋ぐための道具になれと楓に告げたようだ。

家出の発端はこれである。そんな酷いことを決められたからこそ、楓はこの家から逃げ出したのだ。

その隣に居合わせなかったが、父さんの怒声は掃除している磯野さんの耳にしっかり届いていた。そうやって楓が家を出るまでの顛末を教えてくれた。

「私が楓に求めてきたことは、そんなに酷なことか？」

苦いものを噛み潰したような顔で父さんは言った。

「当たり前でしょう！　楓をそんな道具みたい――」

「学校のことだ」

父さんは私の言葉に被せてきた。

「私はな、おまえたちに血を吐くような努力を求めたことはない。真面目にやっていれば報われる。いつだってその程度の努力しか求めてきていないだろう」

声を荒らげながらそのようなことを言われても、自分がやってきたことを顧みず、自己弁護をしているかのようにしか聞こえない。でも、私たちの認識に大きな隔たりがないのは確かである。

自慢の娘であることを求められてきた私だが、不相応の高望みをされたことはない。

「あの大学に行けと言ったのだって、おまえなら難しくないと判断したからだ。弁護士になれと言ったのも、一番向いていると思ったからだ。それはおまえだって、納得していることだろう?」

目指すべき大学も就くべき職も、父さんが決めたこと。それでも私自身が納得した進路である。

大学は父さんが決めずとも同じ選択をしていたはずだ。迷ったのは学部選び、その先の将来だ。

社会的地位が高いことを条件に、職業選択の自由は与えられていた。警察になりたければ、国家公務員採用総合職試験なら受けるのを許されたはずだ。医者になりたいというのなら二つ返事だっただろう。政治家を目指したいと言えばそれこそ喜んだに違いない。

恵まれた選択肢かもしれないが、高校生の私はなりたいものがなく悩んできた。進路について父さんに問われたとき正直にそのことを告げると、

「なら、弁護士を目指せ。それが一番、おまえに向いてる」

あっさりとそう決められたのだ。

肩透かしを食らった。会社を継げと言われると考えていたが、それについては最初からその気はないと言われた。

いわく、必ず父さんのやり方に私が反発する日が来る。そうなったとき、必ず会社が割れるらしい。

同じ組織に身を置けば、必ず自分に並ぶ敵になる。私にそんな評価をした父さんが、一番向いていると判断した職業を、反発することなく受け入れたのだ。

「知ってるか？　ゲーム機一つ買って貰うのに、普通の家庭は祝い事まで我慢する必要があるんだぞ？　おまえに欲しい物があるとき、私はそんな我慢をさせたことはない。なんだって与えてきた」

そう、私は欲しい物はなんでも与えてもらってきた。ブランド物を買い漁るとは言わずとも、値札を睨んで服を買ったことはない。高価なものもねだる必要もなければ、買った報告すら必要ない。私の口座にはいつだって子供に不相応の数字が刻まれていた。

「そうしてやってきたのは、おまえだけじゃない。あいつにだってしてきたつもりだ」

わかっている。そういう形で父さんは私たちを差別したことはなかった。父さんが望んだ成果を出していたから、楓の口座にも同じような数字が並んでいたはずだ。

「高校だって、お前と同じ場所を望んだわけじゃない。望んだのは、おまえと同じ大学へ行くことだ。それができるなら、高校なんてどこでもいい。それこそあいつが最初に望んだ形にしてやっても構わんかったくらいだ」

父さんは忌々しそうに顔をしかめた。

「人とまともに接することができません。そんなふざけたことを抜かさなければな」

これも父さんの嘘のない本心だとわかっていた。父さんが気にしていたのはいつだって高校卒業後だ。

「あの様で三年間好きにさせていたら、大学に受かってもまともに通えるわけがない。それはおまえもよくわかっていたことだろう？」

「それは……よくわかってるけど」

「そうならないために、あの高校を選んだ。おまえの妹というだけで、教師たちがよくしてくれるだろうからな。おまえだってそうなるように根回しを、卒業前にしてきたはずだ」

黙って私は頷いた。

「もしあいつが虐められて、教師が役立たずなら私だってなんとかするつもりでいた。それこそ弁護士でもなんでも挟んで、誰の娘に手を出したのか思い知らせてやるつもりだ」

嘘ではないだろう。きっと父さんならそのくらいのことはするはずだ。

大事な娘を傷つけた憤りからではない。自らの社会的ステータスを傷つけようとした怒りからだ。

「けど、そんなことは起きなかった。クラスメイトがあいつと仲良くしようと話しかけてきただけだ。そのときの自分たちの接し方がよくなかったのかもしれないと、わざわざ家まで謝りに来てくれたそうじゃないか。あいつはそんな恵まれた環境を、なんの努力もせず自分から手放したんだ。そんな甘えているだけの奴に鞭を打ってなにが悪い。……手が出ない脅しなだけ、マシだろう」

まっとうな正論を並べるなか、ようやく一つ父さんは嘘をついた。いや……この嘘のために自分は間違っていないと並べ立てたのだ。

出席日数の問題もあるから、いつまでも学校を休ませるわけにはいかない。ただの脅しだったのなら、楓が家を出た時点で私と連絡を取り、どうにかしようとするはずだ。けど父さんはそうはしなかった。

家出をする際に楓が残した書き置きの存在を知ってすぐ、父さんは退学の手続きをした。楓に見切りをつけたのは明らかだ。

「鞭の打ち方は悪かったかもしれんが、それでも私が求めたものは酷いものか？　おまえ

のようになれと求めたわけではない。まずは休まず学校へ行け。三年間かけてまともにな
れ。私が望んだのは、小学生でも当たり前にやっていることだぞ？」
なぜこんな簡単なことを望まなければいけないのか。そんな自分に父さんは不思議そう
にすらしている。
「それをまっとうできる環境も選んだつもりだ。それが嫌だ嫌だとダダをこねられたら、
もう私にはお手上げだ。いくら叱っても響かん、ちょっと脅したらこうして逃げる。手も
出さずに文句だけをつける前に、どうしたらよかったか教えてくれ」
「……それは」
「わかったか？　楓が家を出たときの対応をあれこれ論じても、こうやって責任を擦《なす》り付
け合うだけだ。不毛だな。だから最初から、こんな話をしても無駄だと言ったんだ」
やれやれといった手振りで、父さんは小馬鹿にしたように鼻で笑った。
「私たちが今やるべきことは、今後の対応。互いに好き勝手やらないよう、共通認識を作
ることだ」
「共通認識って……警察に行く前に、余計なことを言わないようにしたいってこと？」
「そこから既にズレている。警察に行くことはしない」
「……待って、ちょっと待って」

父さんの言ったことの意味を掴みかねて、それを探るように手を伸ばした。

「警察に行かないって、どういうことよ」

「あいつが家を出てから何ヶ月経っていると思っている。今更警察に届けたところで、あいつ一人のために割かれる人員は知れている。始まりが家出なのだからなおさらだ」

「だからって届けないわけには――」

「これだけの期間の家出だぞ？　大事になれば、それこそ邪推ばかりが重なる。見つかったところであいつがこの先どんな目で見られるかわかっているのか？　あいつだけじゃない。おまえの将来にも響くことだぞ」

淡々とした態度を取ろうとしているつもりかもしれないが、父さんの口はどんどん早くなっていく。娘を案ずるばかり、焦燥感に突き動かされた父親に見えないこともない。

「私のことはどうだっていいわ」

「五ヶ月だ。こんなにも長い間家出に気づかず、行方不明になっていました。その主語が娘と妹とで、責任がまるで違う」

けど、そんな父親ではないのはわかっていた。案じているのは私たちではなく、自分の将来であった。

言葉を重ねるにつれ語気が強まっていく。喉を鳴らすだけでフラストレーションが溜まっていくかのように、苛立ちが冷静さを飲み込んでいっている。

ついにそれがピークに達した。

「そんな醜聞……世間に晒せるわけないだろ！」

父さんは今日まで溜めた本音を吠えるようにして吐き出した。

「信じられない……」

私はゆっくりと首を横に振った。

実の娘が行方を眩ませているというのに、なにより大事なのは世間体。こんな父親なのはとうの昔に受け止めていたつもりだが、改めて思い知った。

私たちはこの人にとって家族ではない。ただの娘という役職を与えられただけの社員である。部下の不始末で、自分の経歴に傷がつくような真似はあってはならない。まさに社員の不始末を隠匿する、社長そのものだ。

「もういいわ」

この人に期待することを諦め、私は立ち上がった。

廊下に続く扉に手をかけると、後ろから声がかかった。

「どこへ行く」

「決まってるでしょ。警察よ」

そんなこともわからないのかという口ぶりで応じた。

父さんの心積もりはわかったが、それに応じるつもりは私にはないだけ。社長の世間体よりも、妹の安否のほうが私にとっては大切なのだから。

「椛……私が目指している先はわかっているな」

「政治に関わりたいんだっけ？」

父さんの問いかけに振り返ることなく答えた。

「そのための自慢の娘。大事な社会的ステータスだったようだけど……自分で打った鞭で、経歴に大きな傷がついたわね」

「そうだな、これが大事になれば傷がつく」

わざとらしい困った口調。

「だからそうなったときは、立派な娘なんてもう必要ないぞ？」

ゾクリとするほど冷たい声で、父さんはそんな宣告をした。

「警察が運良くあいつを見つけたところで、その先はどうする？　私に頼らず、今までと変わらない生活をできると思っているのか？」

「……そのときはアルバイトでもなんでもするわよ」

「満足に人と関われない荷物を抱えたまま、バイトで生計を立て、大学に通い続けるつもりでいると？　いかにもなんの苦労もしたことのない奴の浅い考えだな」

小馬鹿にする物言いに、堪らず振り返る。そこにあった表情は嘲笑ではなく、心からの侮蔑であった。

「そもそも親が健在だというのに、十九の未成年《こむすめ》があれの保護者になれると本気で思っているのか？　自分たちだけそんな好き勝手やることを、私が許すと思っているのか？」

父さんはゆっくりとした足取りでこちらに向かってくる。

「あれが見つかったなら、その扱いは私が決めるぞ。信頼できる相手に預けて更生させる。その場所はおまえに教えるつもりはない。……その意味は、わかっているな？」

私の目の前で足を止めると、父さんは口端を吊り上げた。含みをもたせた口ぶりは、それが嫌ならと言い含めるかのようだった。

大事にしたら、もし楓が戻ってきたときタダじゃ済まさない。更生とは名ばかりで、そこで受けるだろう扱いはきっと、女であれば不愉快だけで片付けられるものではないだろう。

娘を縁繋ぎの道具にしようとした父さんだから、そう言い切れるのだ。

父さんに負けじと口を開こうにも、言葉がなにも見つからない。

ここは善悪を問う場ではない。ルールやモラルを必要とされていないのだ。

いつだってそれらに真面目に準じてきた私の手には、父さんをどうこうできる力が宿っていなかった。

それでもなお、反抗的な視線を送り続ける私に、父さんは最後のひと押しをした。

「ただ、今回の初動は私の不手際だ。もし、大事にせずあれを見つけ出すことができたなら、その後の扱いはおまえの好きにしていい。そのための金はちゃんと出してやる」

打つのは鞭ばかりではない。飴を差し出してきたのだ。

「おまえが私にとって、自慢の娘である内はな」

これ以上の譲歩はないというように父さんは言った。

こんなことになって、父さんの内心は楓に対して腸が煮えくり返っているだろう。それでも感情に任せた対応は取らず、最低限の損失になるよう損得勘定をした。

立派な娘という部下を大人しくさせ、手放さなくても済む取引をこうして持ちかけてきたのだ。

間違いなく父さんは社会的に間違っている。責められるべき立場にある。こんなの間違っているはずなのに、

「わかったならそれでいい」

力を失ったように扉にかけていた手を離してしまった。

結局、父さんの思い通りの結果となったのだ。

「今日はなにもなかった。そうだな？」

改めて言い含めるように父さんは言った。

もう喉は動かなかった。押し黙ったまま玄関へ繋がる扉《みち》を譲ると、父さんは満足そうに家を後にした。

かくして楓の家出は、私たちの間では発覚していないことになった。

便りのないのはよい便り。父さんは今まで通り楓は私のもとにいると信じている。これからもそれで通すことにしたのだ。

追い込まれた楓がどこへ逃げ出したのか。今の居場所どころか、最初の行き先すら掴めなかった。わかったことと言えば、二日かけてＡＴＭから貯金を限度額まで引き出していたことくらい。それこそ帰ってくることを考えなければどこへでも行ける金額だ。

休み中は楓の行方、その手がかりを探すだけで終わってしまった。……いや、早々に手詰まりとなり、ただただ後悔しながら、楓の部屋にこもっているだけだった。

今こうしてソファーの上で、ぼんやりと天井を眺めるように。

ふと、まどかの言葉を思い出した。

『学校だけじゃない。いざというとき、最後の最後で泣きつける相手が家にいないのよ。

椛にしては楽観的すぎない？』

まどかの言う通りだった。私は間違っていたのだ。

あの時点で動いても、結果は変わらなかったかもしれない。けれどまどかに言われる前に、自分で気づくべきだったのだ。

なにかあったときの報告を待つのではない。こちらから知ろうとしていれば、結果は変わっていたかもしれない。それこそ磯野さんと普段から連絡を取り合い、週に一度くらい近況報告を求めるのは難しいことではない。

父さんの言う通りだった。私はそんな最低限のことも怠ってきたのだ。

そもそも私は致命的な間違いを犯していた。

私が家を離れた時点で、楓になにかを言えるのは一人だけとなった。その機会をなるべく避けるため、間に入ってきたつもりなのに。

「ごめん……母さん」

それが当たり前になりすぎて、始まりの理由をすっかり忘れてしまっていた。

「私、一番やっちゃいけないこと……間違えちゃった」

よりにもよって楓を、父さんに任せる形になってしまったのだ。

大学に進学するにおいて、あの家から離れるのは絶対であった。ならその前に、楓のこ

とをどうにかしなければいけなかったのだ。

だって私は約束した。

『だから安心して。そのときはちゃんと、楓の手は私が引くわ』

なのに私は間違えてしまった。取り返しの付かないほどの酷い間違いを犯してしまった。

あのとき、ああしていたら。

このとき、こうしていたら。

どうしたら楓を正しく導けたのか。こうなった今となっても、まるで具体案が浮かばない。それが免罪符にならないこともよくわかっている。

「どうしたら……よかったの」

楓をなんとかできたのは私だけだ。

母さんがいないこの世界で、楓の未来を考えて動けるのは私一人だけだったのに。その方法が未だに浮かばない。これからどうすればいいのかもわからない。

自らの無力さに打ちひしがれながら、自然とこの手はスマホに伸びていた。

解決策なんて求めていない。

「……楓が、家出してた」

今は縋った先で、泣き言を吐き出したかったのだ。

「どうすれば、いいかしら……」

第五話　神様は嘘つきだとわかっている

『皆やっていることだから』

『一度試してみるだけだから大丈夫』

全てはそんな軽い好奇心から始めたことだった。

機会があればそれをキメながらも、その気になればいつでも止められる。そうやって自らの自制心を過信していたのは、手の届く場所にそれがいつもあるわけではなかったからだ。

今はそれが、常にこの屋根の下にある。なまじ手の届く場所にあるからこそ、目に入ると手を伸ばすようになっていた。

もう、自分の意思でそれを止めることはできなくなっていたのだ。

だから今も、こうしてそれを手に取っていた。

それは鼻から吸引してキメるタイプだ。

ベッドで仰向けになりながら、両手に持ったそれを顔に押し当てる。肌触りのいいふさふさな触感と、心地よい温度はそれだけで病みつきだ。脳内にオキシトシンが分泌されるのを感じた。

本番はここからだ。

浅く小刻みに吸うか、はたまた深呼吸のように吸い込むか。悩んだ末に、今日は後者を選んだ。

鼻孔をくすぐり、肺の中を満たすそれは本来無臭のはず。だというのに代替の利かないこの香りを、なんと表現すればいいのだろうか。そもそも唯一無二のものであるのならば、なにかに置き換え表現すること自体が冒涜的行為なのかもしれない。

それはただ、幸せになれる匂いでいいではないか。脳内は多幸感で包まれて、なにもかもがどうでもよくなってきた。

まるで夢心地のようで、この幸せから醒めたくないと本能が叫んでいる。

いつまでも、いつまでもこうしてキメ続けていたい。

一体どれだけそれをキメ続けていただろうか。時間の感覚すら曖昧になった頃、

「にゃーお」

いい加減夢から醒めろというようにそれは鳴った。

それを持ち上げると、細められた双眸がこちらを見下ろしている。なにかを訴えかける

ようなその瞳は、どこか気だるそうに映った。

「随分とお楽しみのようだな」

頭上から落ちてきた音に、身体がビクリとするとそのまま凍りついた。

わたしがずっとキメ続けていたそれが、急に人語を発した驚きからではない。どれだけ望んでもそれは、にゃーに準ずる音しか鳴らさないからだ。

カクカクと首を横に傾ける。そこには見慣れたスーツ姿の家主が、眉をひそめながら塞がらない口を見せてくれた。

恥ずかしい姿を見られ、凍りついた身体を溶かすような熱が頬まで上る。

「あの、お、お、お……おかえり、なさい」

「なにやってんだ、おまえ」

敬う言葉に騙されず、センパイは呆れたように言った。

犯行現場を目撃された。センパイのベッドの上でしていたことは、どうあがいても言い逃れはできない。

「クロスケを……キメてました」

観念したわたしは素直に白状した。

わたしがしていたのは、現代の合法ドラッグと名高い猫吸いだ。やり方は単純で、顔を猫に埋めるだけだ。それだけであっという間に多幸感に包まれる。

クロスケのお腹は最高だ。ふさふさの毛並みの奥に広がる、ポカポカな柔らかな感触。もし死に方を選べるのであれば、クロスケのお腹に溺れて逝きたい。どれだけの悪事を働こうとも、きっと天国へ昇れるに違いない。

「めっちゃ迷惑そうな顔してるぞ」

「へっ!?」

情感のこもった指摘に仰天した。正しいと信じてきた行いが、独りよがりの悪事だと告げられたかのようだ。

クロスケに顔を向けると、その目は変わらず細められたままだ。

「クロスケ……迷惑、じゃないよね？」

「にゃーお」

恐る恐る問いかけると、クロスケの鳴き声はいつもより低い。わたしをいつも全肯定してくれる、朗らかなものではなかった。

わたしたちの間には絆がある。たとえ言葉は通じずとも心は繋がっているから、クロスケの言いたいことはいつだってわかっていたつもりでいた。

猫吸い後、いつも見せる気怠そうな瞳。終わった後はいつも祭壇で丸くなっているので、きっと眠たい顔なのだと信じてきた。

信じてきたものが、今崩れ落ちようとして……グッと堪えた。

「クロスケ……」

きっと迷惑なんかではないと己を奮い立たせ、ゆっくりとクロスケを下ろし、

「にゃー」

ピタッ、と。クロスケの前足が待ったをかけるように鼻先に当てられた。

わたしの手から逃れんともがくように、クロスケは身体を震わせた。手を離すとまるで最後の情けのように、クロスケのお腹がわたしの顔に落ちてくる。そのままベッドを下りると、クロスケはそそくさと部屋を後にしたのだ。上着類を椅子にかけたセンパイもまた、そんなクロスケに倣っていた。

「クロスケ、迷惑だったんだ……」

部屋に取り残されたわたしは、一人そうして悲しみに暮れていた。

◆

今週は、残業週間であった。

定時から一時間以内に帰れたのは月曜日だけ。最低四時間は残業し続けるハメとなってしまった。

今年が終わるまで、残り二週間を切った。

師走はあわただしい年の瀬と言われるだけあって、この一年で一番残業をしている気がする。特に金曜日《きょう》はそれが顕著であり、ガミの店を出る頃には日付が変わってしまった。

レナには予め、先に寝ているよう連絡は入れていた。

もういい時間だ。レナは流石に寝ているだろうと思い、物音をなるべく立てず家に上がった。リビングこそ豆電球しか点いていないが、自室に繋がる襖の隙間から微かな光が漏れ出ていた。

なんだ、起きて待っていてくれたのか。

甲斐甲斐しくこんな時間まで、と思ったのは襖を開けるまで。

人のベッドの上で仰向けとなり、顔にクロスケを乗せているレナが待っていた。

俺の帰宅にいち早く気づいたクロスケは、顔を向けると短く「にゃー」と鳴いた。その顔はどこか迷惑そうで、こいつをなんとかしてくれと訴えているように映った。

解放されたクロスケを追うようにして、俺も部屋を後にしたのだった。

シャワーを浴びて戻ってくると、机には金曜定番の蜂蜜レモン水だけが置かれている。

いつもは部屋に残っているレナも、早々に自室に引きこもったようだ。

俺が戻ってきた気配を察したのか、椅子に座ると同時にスマホの通知が鳴った。

『今週もおつっす』

画面越しのねぎらい、レナの平常運転。

「おう。さっきの――」

『今週はずっと、遅くまで残業続きっしたね』

ちょっとからかってやろうとすると、また通知が鳴った。話を蒸し返されないためにも、返事をする前に続けて送ってきたのだろう。

『やっぱ年末は忙しいんすか？』

「そういうわけでもないが」

そこまで必死ならしょうがないと、話を逸らされてやることにした。

「今週から、ちょっと新人の面倒を見ることになってな」

『新人の面倒っすか。そんな大変なんすか？』

「大変っていうよりは、とにかく時間を取られるんだ」

『時間を取られる？』

「ああ。そいつに時間を割いている内は、俺の仕事は進まんからな。進まんかった分を誰かがやってくれるならいいがそうはならん。就業時間で終わらん分は、残業でカバーするしかないってことだ」

『それって、いないほうがありがたいレベルじゃないっすか？』

「ま、その通りだ。今の新人くんは、いないほうがありがたいレベルだ」

なにせ徳田でもできそうな仕事を、自分に割り振られた作業分から作らなければならない。自分で手を動かせば、その考えている時間で終わるような仕事をだ。

「九九もできん奴に、いきなり因数分解や方程式なんてやらせんだろ？」

『それはそうっすけど』

「確かに今は戦力にならんどころか、足を引っ張ってすらいる。けど、そうやって小さなことからコツコツと覚えさせていくのが、人を育てるってことだ。今は邪魔でも、一年後には楽をさせてくれると信じてな」

よく考えたら、俺も一年先を期待されこの会社に引っ張ってもらったのだ。

後輩を育てるのにかかるのは、会社の金だけではない。こうして俺が残業をするはめになったように、教育係の時間も割かれる。割かれた時間分、本来の仕事が減るわけではないのにだ。

教育係が報われるのは、その新人が立派な戦力になることだ。

教育係が浮かばれないのは、そうなる前に辞められることだ。

仕事が終わらないのなら残業をするしかないし、それでも足らない分は時間外で勉強をするしかない。

どれだけ大切に育てようとも、それが嫌になって逃げられることは珍しいことではない。それはこの業界に限らず、どんな場所でも起こりうるリスクである。

だから業界未経験者の教育係なんて、俺たち兵隊は誰もやりたがらない。

『じゃあセンパイは、ババを押し付けられた感じっすか？』

「いや、片桐さん……うちのリーダーが最初に押し付けられたんだが、火曜から俺が引き受けたんだ」

『また、なんでっすか？』

「俺が一番下っ端だからな。チーム全体のことを考えると、一番効率がいいんだよ」

一番上の人間の時間が奪われるくらいなら、一番下っ端の時間を使ったほうが効率はいい。そんなのは誰が見ても明らかだ。

わかっているのなら、最初からそうしろと言われる案件だ。けどそう言われることがないのが、いい感じに積み上げてきた俺の職場でのポジションだ。自分に割り振られた仕事だけをしっかりこなしていれば、皆が忙しそうな横で「それじゃ、お先にー」と素通りしても見咎められない。

底辺社会人の給料が低い秘密はここにある。

そんな俺が新人教育を買って出たのは、ひとえに向井さんによくしてやってくれと頼まれたからだ。かつての向井さんのようにしてやれるのは、あの職場じゃ俺くらいのものだから。

徳田の将来とやる気と奴隷根性を見込んで、教育係を引き受けてやることにした。

ちなみに片桐さんは、喜んで徳田を押し付《まかせ》けてくれた。今度昼飯に寿司を奢ってくれるらしい。

「それに――」

引き受けたのには、もう一つ理由があった。

向井さんの話を聞いて、少しくらいは影響を受けたのだ。

「クリスマスに向けて、少しは稼がんとな」

「うっ……」

不意を突かれたように、襖の向こう側から気恥ずかしそうな声が聞こえてきた。

クリスマスまで一週間を切った。

レナがこの家に来てから、ずっと家事のことを任せきりにしてきた。それまでは包丁一つ持ったことがなかったはずなのに、今は仕事から帰ると温かい食事を出してくれるようになった。家はいつだって綺麗だし、皺一つないワイシャツに袖を通すのが気持ちいい。

自分をこの家に置くことが、どんなにリスキーであるか。それを承知しているレナにとって、このくらいのことは当たり前だとやっていることかもしれない。

それでも、やっぱりありがたかった。先日情けない思いをしたからこそ、少しくらいは頑張《かせ》って《い》おき《で》たかったのだ。

楽しい思い出となる日を贈ってあげられるのならそれでいい。それこそ自分の楽しみなんて考えていないほどに。

だからクリスマスの夜のことは頭になかった。

「来週は楽しみだな」

『そっすね』

一方、当人はそれをしっかり意識しているらしい。

かつての俺のように、その言葉を送ってくるだけで精一杯のようだ。

◆

「それでは田町さん、お先に失礼します」

「おう、おつかれ」

週明けの月曜日。平常運転の残業だ。

振り返る度にペコペコしながら、晴れやかな顔を見せて徳田は帰宅した。これでもう室内は俺一人だけとなってしまった。

オフィスに一人取り残されるのは、どれくらいぶりだろうか。

かつては一人残業するということは、能力不足で仕事が終わらないことを指していた。でも今回は違う。新人の面倒を見なければいけなくなって、足らなくなった時間を補うために残業をしている。

結局、やっていることは同じ残業だが、誰もいないのは一周回って気楽である。そう思えるようになっただけでも、社会人として成長したのかもしれない。

人の目がないとはいえ、残業をダラダラとやる悪癖はない。十時半を目処にキリがつけられると見積もり、手を止めることなく進めていた。

日中のデフォルト環境音である、ため息と舌打ちはない。代わりに空調やパソコンのファンの音がやけに響く。それすらも気にならなくなり、ようやくキリがついたと背伸びをしたら、

「精が出るな」

ふいにかけられた声にびくりとした。モニターから顔を上げると、斜め向かいに上司が立っていた。

「……びっくりした、佐々木さんっすか」

「珍しいな。おまえがこんな時間まで、一人で残ってるなんて」

「ほんと、それっすね。我がことながらびっくりですよ」

「もういいのか？」

佐々木さんはモニターに目を向ける。

今日の残業はこれで終わりか聞いているらしい。

「今日のところは、これで店じまいっす」

「だったら丁度いい。もう一時間、残業していかないか」

佐々木さんは言うと、吹き出しそうになるのを堪えた。咄嗟に出た俺の渋面が面白かったようだ。

見積もりどおり、今は十時半である。そこから一時間も残業をしてしまえば、家に着く頃には日付が変わってしまう。

週明けから頑張るのは、精神衛生上よろしくなかった。

そもそもなにをもう一時間頑張るのか。

訝しそうにしていると、佐々木さんは続けて言った。

「知ってるか、田町？」

「なにがっすか？」

「残業代を貰いながら飲む酒は美味いぞ」

「さて、もう一踏ん張りしますか」

プルタブを開ける真似をする上司の頼みだ。喜んで聞くことにした。

パソコンの電源を落とし、後は上着を羽織って帰るだけ。その準備まですると、佐々木さんがビニール袋片手に戻ってきた。下のコンビニで買い物をしてきたのだ。

佐々木さんは隣のデスクに座ると、銀色のロング缶を差し出してきた。

「おつかれ」

「おつかれっす」

乾杯した缶を呷り、一気に半分ほど空にした。

「かぁー！」

「どうだ、美味いだろ？」

「今この瞬間、残業代が発生していると思うと最高に美味いっす」

震えるほど美味しそうに飲む俺に、佐々木さんはニヤリとした。

一番美味い酒は、ガミの店で出るタダ酒だ。だが世の中、上には上があったようだ。

まさか飲んでいるだけで残業代が発生する酒が、この世にあるとは。

世の中はまだまだ俺の知らない世界で満ちている。

「そういや、直帰じゃなかったんすね」

一息ついたところで、佐々木さんが始業時からいなかったことを思い出した。

「一週間もこっちを空けていたからな。確認したいこともあって寄ったんだ」

「もうこんな時間っすよ。明日じゃダメだったんすか？」

「どうせ帰っても、やることはこれだからな」

佐々木さんは缶を強調するように揺らした。

「今回の出張、随分と長かったようでしたけど」

「今回は大変だった」

「そんなにっすか？」

「目的の店が臨時休業だった。おかげでジンギスカンを食いそこねた」

なまじ深刻そうな表情を浮かべていたから、デスクについていた肘が滑り落ちそうになった。

出張したときの佐々木さんは、その地域の名物の話をする。今回は北海道へ飛んだのだが、どうやら目的のものにありついていなかったようだ。

「そういえば、徳田の教育を引き受けてくれたらしいな」

出張話を早々に切り上げた佐々木さんは言った。

徳田の教育を引き受けたのは佐々木さんが出張へ行ってからだ。帰ってきてから一度もその話をしていないが、片桐さんがしっかりと報告を上げていたのだろう。

「そんなことをすれば、こうなることはわかっていただろうに。あの田町がどんな風の吹き回しだ？」

「なに、残業代が欲しくなっただけっすよ」

「なんだ、残業代欲しさか」

「今月はちょっと入り用なんでね」

「そういえば、今週は有給を取ってたな」

「有給はちゃんと消化しないと、上司の佐々木さんが怒られますからね。不肖の部下としては、最低限の義務は果たさないと」

「そうかそうか」

佐々木さんは部下の気遣いに、満足そうに頷いた。

「そうか……」

「どうかしたのか」

「もういい」

「田町」

「はい？」

「女ができたな」

「……うっ」

そして突いて欲しくない急所をしれっと刺してきた。

さらっと涼しい顔で流したかったところだが油断していた。鏡など見なくてもこれでもかと表情が引きつっているのがわかった。

先週もこんな真似をしていた気がする。

「向井さんもそうでしたけど、そうやって安易に女ができたと繋げるのは、いかがなものかと」

佐々木さんを視界の端に収めながらビールを口にした。手遅れなのはわかっているが、今はニヤついたその顔を正面に収めたくない。

「そのための残業代と、クリスマスの有給じゃないのか？」

「いや、ほら……もっと色々とあるじゃないっすか」

「向井にはなんと答えた？」

「……お気に入りのレンタル彼女のためっす」

「実際のところはどうなんだ？」

「ガチ恋してるライバーのクリスマス配信で、投げ銭するためっす」

「だったら、そういうことにしといてやる」

佐々木さんはおかしそうに大人の対応を見せた。先週もそうだったが、見苦しい言い訳を肴にして飲む酒は、やはり美味しそうに映った。

なぜ人は同じ過ちを繰り返すのか。過去からなにも学ばない自らの愚行に片手で顔を覆った。

「……そうか。向井に会ったのか」

感慨深そうに佐々木さんは言った。

「先週の月曜の帰りに、たまたま駅でばったりっす」

「だから徳田の面倒を、急に見てやろうなんて思ったのか」

「そうだ。なんで向井さんのこと、最初から言ってくれなかったんすか？」

「どっちのことだ？」

「どっちのことって……あー」

背もたれに体重を預け、天井を見上げながら唸った。

徳田のことに決まっている。そういうつもりだったのだが、教えてほしかったことはもう一つあったのだ。

「まずは徳田のことっすね」

考えた末に、直接関わることから尋ねた。

「向井さんの紹介だってわかったら、皆もうちょっと丁重に扱ったのに」

「辞めた奴の七光りは、やりにくくさせることもあるからな。本人の意向もある。仕事を覚えさせてもらえるなら、遠慮はしないでほしいらしい」

向井さんの名前の影響力は未だ健在だ。教育係に遠慮が出るかもしれないと危惧したのもわかる。

「なるほど。佐々木さんなりの考えはあるんだろうとは思ってたっすから。まだ片桐さんにも言ってはいないっすよ」

「まあ、もう言っても構わんことだがな」

「あれ、いいんすか?」

「向井に教わったおまえなら、下手な遠慮はしないだろう」

「奴隷根性は備わってるらしいっすからね。残業苦に辞めることがないのは安心っすよ」

「そうか。おまえがそう言うなら、こちらも安心できる」

「ま、一番の安心は向井さんの親戚印っすけどね」

喉を潤す程度に缶を傾け、次の話に移る。

「向井さんが結婚したのって、いつから知ってたんすか？」

「なんだ、気になるか？」

「そりゃ、お世話になった人っすから。そのくらい知りたかったっすよ」

「結婚が身近になったからなおさらか」

からかうような佐々木さんの声音が、ビールの苦味を十倍に膨らませた。

これはなにかしらのハラスメントに抵触するのではないか。訴えられる案件だ。

「佐々木さんには身近な話じゃないんすか？」

第三者に介入してもらうのは諦め、正面から立ち向かうことにした。

口にしてから上司に対して、無礼すぎる言い方かと思ったが、不快そうな感情は浮かんでいない。

「今はもう無縁だな」

しみじみと佐々木さんは答えた。

かつて俺は、恋人の有無を追求されたとき「今はいないよ」と虚しい常套句を咄嗟に使ってしまった。佐々木さんの『今は』には、そんな取り繕う強がりや見栄は感じなかった。

「昔は身近な話だったんすか」

「これでも、昔はモテたんだぞ」

言われて、マジマジと佐々木さんを見る。

ごま塩頭の黒縁メガネ。どうあがいても面白みを見出すのが難しい中年男性だが、顔のパーツはしっかりとしている。

「どんだけモテたんすか？」

「二十代前半までで、十人と付き合ってきた。作ろうと思って、困ったことはなかったな」

「マジっすか……」

失礼かもしれないが、意外な女性遍歴だ。

「それ以降は？」

「ゼロだ」

「ゼロ？」

「もう、相手を作るのは止めた」

佐々木さんの目には疲れたような色が浮かんでいた。

「止めたって……女の醜いところを見続けてきて、嫌になったとかっすか？」

「そうだな。言い得て妙だ。醜い女の感情に振り回されてきて、もうダメだと結婚を諦めたんだ」

「そんなに酷かったんすか。歴代の彼女たちは」

「いや、皆いい娘たちだった。それこそ俺には勿体ないような」

「じゃあ、誰に振り回されてきたんすか」

「母親だ」

笑い話をしようと明るい声こそ上げているが、佐々木さんの表情には朗らかさの欠片もない。

「俺が女を作るとな、いつも狂ったように騒ぎ立てるんだ。最初のうちは俺が折れてきたが、身体が大きくなったぶんだけ言い返せるようになった。反抗的な態度を取って、こっちが折れないとわかると、彼女たちのほうに働きかけるようになったんだ」

「ヤバイ親じゃないっすか」

「ああ、ヤバイぞ。どれだけ隠して付き合ってきたつもりでも、相手の勤め先までバレているからな。気づけば後の祭り状態だ」

そのときの母親を想像する。息子本人が折れず、彼女に文句をつけようにも別れることはない。だからその関係者にまでその手を伸ばした。

相手の勤め先までバレている。そう言ったのはきっと、相手の勤め先にまで突撃したことがあったからだろう。

「息子に彼女ができるのが、なんでそんな気に食わないんすかね」

「手塩にかけた自慢の息子が、他の女に取られるのが気に食わなかったんだ。女の嫉妬だな」

「息子にですか？」

「息子にだ」

自嘲気味に笑う佐々木さんの瞳には、この顔はどんな風に映っているだろうか。腹の底に溜まった感情は、ただ気持ち悪かった。

佐々木さんは自らのことを誇るわけでも驕るわけでもなく、自慢の息子、と言った。いい大学も出ているし、前の会社は新卒で入った一流企業だ。世間に自慢できる子供だったのは本当だったのかもしれない。

夫を亡くした後、子供にだけ熱量を注いだ母親だったのだろう。その愛情がどこかで歪んでしまった。息子を異性として見ることはなくとも、自分の息子《おとこ》を他の女に取られるのが許せなかったのだ。

「そうやって俺が女を作るのを諦め、家を出ずにいるのを喜んでいたのも、俺が三十を過ぎるまでだ」

「心境の変化でもあったんすか？」

「いい大学を出て、いい会社に勤める自慢の息子。今まで自慢してきた息子が周りと比べて、年相応に持っていないものに気づいたんだ」

「まさか……」

「兄弟に孫が生まれたぞ。おまえの結婚はまだなのか、と言い始めたんだ」

「……失礼なこと言っていいっすか？」

「いいぞ。無礼講だ」

「佐々木さんの親って、どんだけ身勝手なんすか」

「そう、身勝手な親なんだ」

人生から散々奪い取ったものを、ある日突然、おまえも持てというようになった。そのときの佐々木さんの心中を察すると腸が煮えくり返る。

「初めて親に手を上げた」

「……佐々木さんがっすか？」

「今までされてきたことを捲し立てて、最後にこう言ってやった。『おまえは必ず、俺が結婚したら嫁を不幸に陥れる。おまえの犠牲者をこれ以上出さないためにも、俺は結婚をしないんだ』ってな」

佐々木さんは過去の自分のセリフを、わざとらしい演者のようにそらんじた。本人は道化を演じているつもりなのだろうが、その声には熱量がこもりすぎていた。

佐々木さんは高らかに上げたビールを飲んだ。

「向井の結婚、いつ知ったかって言ってたな」

「え、ああ、はい」

話がいきなり変わったので狼狽えた。

「あいつが結婚する前にな、相談されたんだ」

「相談？」

「このまま自分が結婚して大丈夫なのか、ってな」

「向井さんが……？」

意外なことを聞き目を丸くした。幸せそうな結婚生活を送っているからこそ、そんな悩みをかつて持っていたのが信じられなかった。

「あいつの親のことは聞いているか？」

「クソみたいな親だったとは」

向井さんと飲んでいたときの話だ。流れで母親はもう亡くしている旨を告げると、悪い話を聞いたな、と言われた。普通だったら子供のときの話ですから、と流すのだろうが、酔っていたこともある。

クソ親だったんで、と笑ってみせたのが始まりだ。

つまらない俺の話が終わると、向井さんもまた自分の生まれを語ってくれた。

「俺はな、障害持ちのアニキの世話係として作られたんだ」

生まれたでもなく、育てられたでもない。そのために作られたと言った。

どんな苦労があったかはわからない。酒の席とはいえ、笑い話にならないことは控えたのかもしれない。ただ『ま、今は三人揃ってくたばったから、こうして自由の身だ』と笑いながら締めくくっていた。

佐々木さんはビールを一口飲むと、ポツリと言った。

「家族が死んで喜んでる自分が、新しい家族を作っていいのか。そう悩んでいた」

かつて笑い飛ばしたものが、自責の念となって返ってきたようだ。

「だから言ってやった」

「なんてですか？」

「そのために会社《うち》を辞めて、頑張って来たんだろ。ってな」

太ももに打ち付けるように缶ビールを置くと、佐々木さんはわざとらしく笑った。いいこと言っただろ、とおどけたように見えた。

向井さんはきっと、その言葉に背中を押され最後の迷いを吹っ切ったのだろう。そうして今は一児の父となったのだ。

向井さんのこともそうだったが、常々思う。俺は歳を重ねた結果、社会で大人として扱われているにすぎない。

このまま歳を重ねた先で、佐々木さんのような大人になっているビジョンが、まるで浮かばない。

「なんでそこまで頑張ってこれたんすか？」

だから疑問だった。

「なにをだ？」

「佐々木さんも向井さんも、そんな親のもとで生まれておいて、なんで頑張ってこれたんすか？」

佐々木さんは愛玩子だし、向井さんは搾取子だ。身勝手な親のもとで育ってきた。同年代と比べて、歪んだ子供時代を送ってきたはずだ。

歳を重ねた先で、社会に出てから立派なものを築いてきた。この社会が示す、立派な大人に成長した。

ひとえにそれは、腐らず人生を頑張ってきたからだ。努力のたまものだろう。

一方、俺はこの有様だ。なぜなら頑張ってこなかった。努力したところで手に入るものが知れているからだ。

同じクソ親でも、俺の両親は二人と比べればマシな部類だった。それなのにこの違いは、一体なんなのだろうか。

「それはな、神様は嘘をつかないと信じていたからだ」

佐々木さんは顎に手を当て、逡巡した先で口を開いた。

「神様？」

「どれだけ理不尽な目にあおうとも、みんなそうやって生きているんだ。そんな身近な大人たちから与えられる幻想《ことば》を信じて、俺たちはここまでやってきた」

佐々木さんは苦笑した。

「今の子どもたちは、大人《かみさま》が嘘つきだとわかっているからな。自分たちの環境を測るのに、神様から与えられた色メガネは使わない。画面の向こう側を通して、自分たちの世界を測《み》っているんだ」

佐々木さんはパソコンモニターを見やった。ただし見ているのはその表層ではなく、それが映し出す世界の向こう側である。

「そういう意味では、神様を信じられなかった子どもは大変だな。頑張る理由を、自分で探さなければいけないからな」

　佐々木さんは他人事のようにありながら、感慨にふけるように間を置くと、

「田町もようやく、それを見つけたということだ」

「え?」

「頑張ってこなかったおまえがこうして残業しているのは、今までそれがなかったからだろう?」

　その問いかけへの言葉を探している内に、佐々木さんは続けて口を開いた。

「前に言ったことは覚えてるか?」

「どのことっすか?」

「その気があれば、新しいことを色々とやらせてやるって話だ。おまえの評価を正当なものにして、給料もちゃんと上げてやる」

　かつてそんな気概がないと流した話だ。

「……例えばですが、どんなことをやらせてくれるんすか?」

　給料を上げてやる。今はその言葉に魅力を感じ、おずおずと尋ねた。

「手始めに田町リーダーの誕生だな」

「冗談でしょう?」

「冗談じゃない」

信じていない半笑いの俺を、神妙な顔が真っ直ぐと捉えてきた。

「チームを再編するときはいつもな、片桐は真っ先におまえを欲しがっているんだぞ」

「またなんで、俺みたいな下っ端を」

片桐さんの真意が理解できず、頭を悩ませた。

「まずは有能な二番手三番手を確保する。下っ端は押し付けあうものでしょう」

「その下っ端が、二番手三番手の働きをするからだ」

「……は？」

「片桐はなにも考えず、今日まで仕事を振ってきたわけじゃない。常に背伸びしないと届かない仕事を与えておまえを育ててきたんだ。あいつはいつも言ってるぞ。田町は与えられた仕事はきっちりこなす、どこへ行っても通用する人材だ。だから向井のように辞められたら困るって」

覚えのない評価に、ただただ狼狽えて面食らってしまった。

「流石に買いかぶりっすよ。俺はこの会社……佐々木さんの下以外じゃ、やってける気がしないっすから」

「それは単に、ここより楽な場所がないというだけの甘えだ。金はいらんから頑張りたくないってな」

その通りだ。色んな会社を見て回ってきたが、どの環境も酷いものだった。自分の仕事を最低限こなしていればいいなんてことは許されないだろう。

このぬるま湯でも残業が嫌なのだ。あの頃と比べれば仕事ができる人間になったつもりだが、ぬるま湯に慣れきった俺にはあんな環境はもう無理だ。

ここを辞めたら、どこでもやっていける気がしない。

「そんなおまえが、物足りなくなって徳田の面倒を見始めたんだ。すぐに残業代じゃ物足りなくなるぞ」

最近まではそう思っていたはずなのだが、なぜかこうしている。思っていたほど、辛くて苦しい感じはなく、残業代が発生しているだけで充実感すら覚えていた。

「それで田町チームの爆誕っすか。飛躍しすぎっすよ」

「片桐を補佐につけてやる。経験するつもりでやってみろ」

「責任が重いっす」

「その責任を取るのが上司の役目だ。失敗したら俺に悪いくらいの気持ちでやればいい」

「……なんでそこまでしてくれるんすか？」

「俺は……先が長くないかもしれないからな」

嘘でしょう、と言葉が吐き出せなかった。

深刻そうな面持ちの佐々木さんに気圧されながら、次の言葉を待った。

「この前の健康診断の数字が、思わしくなかった」

「……なんですって？」

「特に肝臓がまずい。いつ爆発するんだとヒヤヒヤしてる」

デスクについていた肘が、今度こそずり落ちた。

肝臓を爆発物に変えている原因を飲み干すと、佐々木さんは二杯目を開けだした。

「それが悪さしてるんですから、止めたらどうっすか？」

「無理だな。これを止めたら、それこそ生きている意味を失う。我慢しての長生きが美徳だというのなら、これまで通り悪徳の限りを尽くすまでだ」

命なんて惜しくない。そんな風に酒を飲むさまは、まるで海賊のようだ。

「田町。前は三十まで生きてから、先を考えると言っていたな。もっとその先を見据えてみたいと思ったなら、ここが頑張りどきだぞ」

行き当たりばったりの航海《じんせい》を続ける船員としては、そんな船長の生き様が頼もしく映った。

「俺がいる内はケツを持ってやるから、もっと上を目指してみろ」

第六話　否融通社会軌条ノ機関者③

楓が家出……いいや、行方不明となっているのに気づいてから一ヶ月が経った。

行方は以前と知れず。手がかり一つ手に入らない。

なにせ私が打てた手は、まどかとカスガさんに楓の写真を託し、目撃情報を得るのに協力してもらっただけだった。この二人くらいにしか、全ての事情を話せる相手がいなかったのだ。

今日まで多くの縁を築いてきたつもりだったのだが。いざこうして困窮したとき、信じて頼れる相手がこれだけしかいない。そんな自分に気づいたとき、呆れを通り越して乾いた笑いが出てしまった。

そんな手前で申し訳ないが、成果はあまり期待していなかった。なにせ楓が東京に来たのかも定かでない。宝くじが当たるか期待するような気持ちで頼らせてもらっている。買わないよりは夢がある。

唯一の手がかりになるかもしれないと持ち帰ってきた楓のパソコン。そこに残っていたのは足取りではなく、楓に抱いてきた妄想にして幻想、それから目が覚めるような現実だけだった。

ウォーリーを探さないで。

これが私に抱いていた、楓の想いにして答えである。

楓にとって私は頼れる味方ではなく、疎ましいだけの存在であったのだ。

まどかがいなければ、私はそこで心が折れてしまっていたかもしれない。

自らしてきた間違いを諭されながらも、それは仕方ないことであった。そんな甘いままでの慰めが、この膝を折らずに済んだなによりの介助であった。

なにを間違えてしまっていたのか。それがわかった今なら、今度こそ正しい形で楓と向き合える。

現状を、少しでも前向きに捉えられたのだ。

『でも、これだけは覚えておいて。椛が辛くて苦しいのを我慢するくらいなら、楓のことはどこかで折り合いをつけなさい』

母さんの言葉を思い出した先で、そうやって折り合いを一つつけたのだ。

楓へ繋がる手がかりが見つからず、打てる手が行き詰まっている内は自暴自棄にならない。今の生活をこれまで通り営む。

自分の人生を犠牲にしないというのが、母さんの願いなのだから。

「ここまでくると、流石って感じよね」

だからまどかとの時間もこれまで通り。週に一度は互いの部屋を行き来しながら、食事を共にする時間を作っていた。

「椛の手抜きっぷりは」

まどかは両肩をすくめながら、呆れ嘆じていた。

今日は私の部屋で食事をする番。手抜きというのは、私が用意した食事を指していた。

貧相な品が並んでいるわけではない。リビングのローテーブルには、牛頬肉の赤ワイン煮込みに、チーズと野菜のラザニア、そこにシーザーサラダを並べていた。

ただし、上記二つはお取り寄せの冷凍食品であり、サラダは近所の専門店から持ち帰ってきたものをそのまま出しているだけ。食器類も使い捨ての紙皿で、終われば全てゴミ箱行きで洗い物がでない。

SNS映え。疎い世界とはいえ程遠いのは間違いない。まどかは熱心に取り組んでいるが、私の部屋でこうして食事をするときは、スマホを取り出そうとすらしない。

「食事は目で楽しむもの、というのはわかるんだけどね。自分のために、そこまで頑張ろうって気は起きないのよ」

「なら、わたしのために頑張ろうって思ってはくれないの？」

「気取らず飾らず、ありのままの姿を見せられるのはまどかだけだもの。あんたの前でくらいは、肩肘張らずに楽しみたいのよ」

「……椛さー、なんで男に生まれてきてくれなかったの？」

「……すごい文句ね」

　罵声ではないのはわかっているが、これには顔をしかめてしまった。

「だってすごい殺し文句が出るんだもの。……あーあ、椛が男だったら、わたしの恋の遍歴に黒歴史は生まれず、素晴らしい青春を送れていたはずなのにな」

　まどかはガッカリしたようにため息を漏らしている。あったかもしれない幻想を、心から惜しんでいるようだ。

　もし私が男であったら、自分たちは付き合っていたはず。

　親友相手になかなかの発言だ。

「それは私が男である以上に、あんたを好きになる前提じゃない」

「だってわたしの可愛さを罪だって言ったのは椛のほうでしょう？　相性だってこんなにいいんだもの。椛が男に生まれたら、わたしのことを好きにならないわけがないのよ」

　まどかのしたり顔は、そんなこともわからないのか、と訴えているようにも見えた。

「椛が男というだけで、わたしは簡単に幸せになれたはずなの。真面目に生きて、罪一つ犯してこなかった椛だけど、違ったようね。女に生まれてしまった。それが椛の罪であり、わたしの不幸ね」

「とんでもない罪を被せてくるわね……」

酷い罪を被せられ、痛くなった頭を押さえてしまった。

「おまえが女に生まれたせいで、自分は不幸だって糾弾される日が来るとは思わなかったわ。まどかも随分と困った女になったものね」

「その困った女を、困ったときに都合よく使った女はどこの誰だったかしら?」

「うっ……」

まどかは腕を組むと、鬼の首を取ったかのように言った。首を取られた私は、返す言葉もなく怯むしかなかった。

一人暮らしをするようになってから、自分でも知らなかった一面が問題として出てきた。身なりや清潔感など、人に見られるところはしっかりする。けど人に見られない自分一人で完結するところは手を抜いてしまうのだ。

横着者としての面が、最も顕著に表れているのが掃除である。

まどかいわく私の部屋は、汚部屋でこそないが全体的に小汚い。ロボット掃除機の力が及ばぬ場所は埃を被っているのだ。

なんとかしよう。最初こそそんな気概もあったのだが、掃除を先延ばしにしている内に、今のあり方にすっかり慣れてしまった。

まどか以外、どうせ人を入れない部屋だ。そう思い現状を改善しないでいると、ついにまどか以外の客人を招き入れる日が来てしまった。

最初はなんの気もなしにお招きしたが、直前になって自分の部屋の現状を思い出したのだ。

そこでまどかに泣きつき、朝から部屋の掃除をしてもらったのが本日の顛末である。

「よくよく考えたら、今日用意したこれだって、見せていいありのままじゃないんじゃないの？」

まどかは料理に目を落とし、呆れたように言った。

「……っ、付け焼き刃で用意するよりはマシでしょ」

「ま、そうだけどさ」

まどかは頬杖をついた。

「向こうは初めて、女の部屋に上がるのよ。用意されているのがこれじゃ、色気がなさすぎて可哀想じゃない？」

「いいのよ。色気なんて余計なものだもの」

そんなやり取りをしていると、インターホンが鳴った。

夜の七時を回っている。こんな時間に誰だろう、なんて思いはない。

立ち上がりドアフォンのモニターを確認する。待ちわびた相手がそこには映っており、一声かけてエントランスのオートロックを解除した。すぐにまたインターホンが鳴ったので、今度はドアフォンを確認せずに玄関を開けた。

「やあ、椛くん」

「こんばんは、カスガさん」

片手を上げたカスガさんと挨拶を交わす。

「あの……こんばんは、椛さん」

その後ろから、改まった態度の男の子が頭を下げてきた。

パッチリとした二重と合ったこの目を、不意をつかれて丸くしてしまった。テレビで見るような甘い王子様が現れて、ドキリとしたわけではない。

「随分とすっきりとしたのね、夏生くん」

初めてまともな姿を見せられて驚いたのだ。

瞳を遮るヴェールのような髪は、バッサリと切り捨てられている。ジャケットとジーン

ズはいかにも下ろしたてだが、雑誌のモデルのように様になっていた。

「美女の部屋に上がるんだ。いつものみっともない姿で上がろうなんて、問屋が卸しても私が卸さんよ」

カスガさんは肩越しに弟を見やりながら、満足気に口端を上げていた。

まずは腰を落ち着かせることが先だろうと、二人をリビングへ案内した。

「こんばんは、カスガさん」

「やあ、まどかくん」

待ちわびていたまどかと挨拶を交わしたカスガさんは、その斜め向かいに腰を下ろした。

そんな朗らかな二人とは対照的に、夏生くんは緊張した面持ちをしている。まどかという女の存在に、その額に冷や汗を滲ませていた。

「こんばんは」

棒立ちとなって動けずにいる夏生くんに、まどかのほうから働きかけた。

「今日は前髪お化けじゃないのね」

目の色を変えることなく、からかうようにまどかは目を細めた。

彼の容姿に触れながらも、色めき立つことはない。前は酷かったぞと、いじっているのだ。

「は、はは……」

夏生くんは困ったように苦笑した。同時に肩から力が抜けるのが見て取れた。

今まで自分を困らせてきた、怖いものとは違う。まどかに対して警戒を解いたのだ。

「かんぱーい！」

全員でローテーブルを囲むと、まどかの音頭で乾杯した。私と夏生くんはジュースであるが、残る二人はカスガさんが持ち込んだ缶ビールだ。

まどかは美味しそうにゴクゴクと喉を鳴らすと、品定めするような視線を夏生くんに送った。

「……弟くんは、あれね」

「あれとは？」

カスガさんの問いかけに、まどかは人差し指を口元に当てた。

「まるで大人しくて可愛いワンちゃんみたい」

「わ、ワンちゃん……？」

今までされてきたことのない例えを受けて、夏生くんは戸惑っている。

「触っても噛みつくどころか、吠えてくる心配がなさそう。そんなワンちゃんは、揉みくちゃにされるのが世の定めよ」

まどかは指揮棒のように人差し指をくるくると振った。

「それが嫌なら胸を張ることから覚えないとね」

「そうだな。おまえに足りないのは、男の前に人としての尊厳だ。道中、下を向いて付いてくるもんだから、違う意味で目を引いたぞ」

カスガさんは肩をすくめながら、からかうような口調だ。

二人の道中を想像する。

堂々とした美女の後ろを、美男子はおどおどと下を向きながら付いていく。姉弟と気づかない者たちは、一体どんな関係だと振り返ったに違いない。

「見た目はもういいから、中身を沢山詰めるのを頑張ることね」

「中身……ですか」

「そ。人間、大切なのは中身よ、中身」

前に中身を吐き出している姿を見せてしまっている。それを上書きしたいのか、まどかは年上ぶりながら偉そうにしている。

「その中身に惹かれて恋したまどかくんは、そろそろ自分から働きかけたほうがいいんじゃないかい？」

「うぅ。わかってるんです。わかってるんですけど……」

さっきまでの勢いはどこへ行ったのやら。カスガさんの指摘に情けない声を上げている。

恋をする度にまどかは、悲惨な末路をたどってきた。その原因は男運のなさと同じくらい、罪づくりなまでの可愛さにある。

事故のように恋をするものだから、相手の人間性を知る前に交際へたどり着いてしまう。身持ちは固いはずなのに、恋した相手にはすべてをすぐに許してしまう。それが祟って、いつだってろくでもない男たちに食い物にされてきた。しかも交際相手は自業自得な末路を辿っているのだから、皆が不幸になるだけで終わるのだ。

そんなまどかがまた、新たに恋をした。タマさんなる年上の社会人に、ドラマのような展開を経て、恋をしてしまったのだ。

話を聞いていく中で、絶対にろくでもない男だと確信した。

けど私がいくら諭したところで、まどかが素直に諦めるはずがない。だから今回は時間をかけろと忠告した。それでも長い時間をかけないだろうし、かからないだろうと信じてすらいた。

そうやってまどかが交際にいたった先の覚悟までしていたが、いつまで経っても関係は進展しない。手を繋ぐどころか、連絡先の交換にすらたどり着いていないのだ。

その事実は私にとって驚くべきことだった。

高校を出て間もない女子大生。それに手を出す七つも上の社会人はまともなわけがない。短期間で交際にいたれば、身体目当てといっても過言ではない。

そうならないということは、しっかりした大人なのかもしれない。最近はそう思うようになっていた。

「ダメだったときのことを考えると、どうしても……」

まどかはテーブルに突っ伏しながら、大きなため息をついた。

見た目一つで簡単に交際へたどり着いてきた。初めてそれだけでは上手くいかない壁に当たった。成功体験しか知らないゆえの、失敗への恐れというものかもしれない。

頑張れ。まどかなら大丈夫。絶対に成功する。

そんな無責任に焚き付けて、背中を押すような真似はしたくない。

私はいつだって、まどかのやるせない思いを受け止めるだけだった。慰めるばかりで先を示してあげられない。

「まどかくん。大学に入ってから今日まで、あっという間だったと思わないかい？」

ふと、カスガさんはそんな問いを投げかけた。

まどかは体勢を変えず、顔だけをカスガさんに向ける。

「……確かに。ついこの前、高校卒業したばかりだと思ったんですけどね」

「私もだよ。ついこの前まで子ども扱いされていたのに、気づけば社会は私を大人扱いだ。君もすぐにそうなるよ」

「あー、嫌だ嫌だ。これ以上大人になるのって、絶対楽しくないもの。一生、どっちつかずでいたーい」

「残念ながら、時間っていうのは無情に流れていくものさ」

駄々っ子のように唸るまどかを、カスガさんはニヤニヤ見ている。

「どっちつかずでいられる時間は、あまり長くは残っていない。その意味をもうちょっと、大切にするべきだよ」

「でも……」

「自分から動かなければ進展がない。そう答えを出しているんだろう？　一年後に動いても得られるものが変わらない。そう思っていながらも先延ばしにするのは、時間の浪費というんだよ、まどかくん」

「あー、カスガさんがロジハラするー！　耳がいたーい！」

両耳を塞ぎながら、イヤイヤ期の子供のような真似をする。それが本気で嫌がっているのではないのは、大げさな身振りが示していた。

「君のほうはどうなんだい、椛くん？」

「え、私ですか？」

まどかに向けられていた矛先が、急に私へ向けられ声が上ずった。

「椛くんのことだ。辟易するくらいには、恋情の雨あられに晒されているんだろう？　試しに傘を閉じてみようって相手は見つからないのかい？」

「恋情の雨あられ、ですか。残念ながら、そんな上等なものに出会ったことはありませんね」

苦笑しながらまどかに目を向けた。

「あれはまどか風に言うなら、ご褒美を求めてるだけのものね」

「目的が透けて見えすぎて、興ざめってこと？」

ようやく身体を起こしたまどかが答えた。

「散々、この見た目で得をしてきたんだもの。今更中身をちゃんと知ってから好きになってくれ。なんて勝手なことは言わないわ。でも、恋に恋する乙女ってわけじゃないの。日照りに苦しんでるわけじゃないんだし、身を削ってまで雨乞いはしたくないわ」

「……なんか椛ってさ、いざアラサーになったとき、やってこなかったことを後悔する典型よね」

「周りが次々と結婚して焦るとか？」

「いざ恋愛沙汰に直面したとき、経験のなさをコンプレックスにするのよ。いい歳をして本気の恋愛とかって、色々とこじらせてさ。歳下に恋した日なんて、変な見栄ばっかり張っちゃいそう」

「……うっ」

長い付き合いなだけある。まどかの未来予測は的確すぎて、自分でもそうなるかもしれないと胸が痛かった。

恋に恋などしていないが、降ってくるのを期待する乙女心くらいはある。

私の恋愛観は、宝くじが当たるのを願うようなものなのだ。

「結婚が女の幸せだなんてものは、時代錯誤な考えよ。ペットに癒やされながら、趣味に生きるのも悪くないかなって、最近は考えてるの」

「……椛、それ、二十歳を前に達する人生観じゃないから」

まどかより送られたのは、手遅れな患者を見る眼差しだった。

「ということで弟くん。本当にこうなりそうになったときは、椛を貰ってあげてね」

「へっ!?」

すっかり他人事のように気配を消していた夏生くんは、急に矛先を向けられすっとんきょうな声を上げた。

「椛はいいお嫁さんにはならないけど、外でバリバリ稼いできてくれるから」

「……えっと、あの、その」

「まどか……あんたねー」

戸惑っている夏生くんの代わりに、握りこぶしをまどかに見せつけた。まどかは缶ビールの残りを一気に飲み干すと、そそくさと冷蔵庫まで逃げていった。

「ははは！　まどかくん、私の分も頼む」

「はーい」

そんな私たちをおかしそうに眺めながら、カスガさんは両手を叩いて哄笑していた。

まどかの戻ってくる短い時間で、こちらの頭が冷めてしまった。

仕方のないことを言う親友は放っておいて、カスガさんに目を向けた。

「でも、あっという間というのなら、カスガさんもそろそろなんですね」

「ん、なにがだい？」

カスガさんは新しいビールを開けながら首を傾げた。

「卒業ですよ。来年はもう、社会人じゃないですか」

「私の卒業はまだ先だよ」

「……え？　ああ、大学院に進むんですか？」

「いや、院はなにかと忙しそうだからね。私には合わないな」

美味しそうにビールを飲むカスガさんに、今度はこちらが首を傾げてしまった。

カスガさんは現役で大学に合格しており、今年で二十二歳となった。計算があわない。

「そもそも私はまだ二年だよ」

「……はい？　待ってください、まだ、二年……？」

「言ってなかったかい？　私は二回、留年してるんだよ」

「嘘……!?」

信じられない事実に声を張り上げてしまった。

まどかに顔を向けると、『知らなかったの？』って表情をしている。

夏生くんを見ると、顔に手を当てて呆れ返っている。それが私に向けられたものではないのは雰囲気で伝わった。

「なんで二回も留年なんて？」

「ほら、大学生って楽しいだろ？」

「……ええ、まあ」

「だから八年間、大学生であることを精一杯楽しむつもりでいるんだ」

清々しいまでに引け目のない笑顔だ。そんな姿を見せられてしまったら、『なるほど、そういうことだったんですね』と納得し、話を流してしまいそうになる。

お酒は一滴も飲んでいないのに、世界がぐるぐると回るような錯覚に襲われた。

「カスガさん……なんのために、大学に進学したんですか?」

「もちろん、大学生として遊ぶためだよ。大卒の称号を得るのはそのついでだ」

「就活するとき、絶対困りますよ、それ」

「就活なんて端から問題ないよ」

晴れやかな笑顔を見せられ、ホッとした。

流石にそこまで考えなしではなかったか。

八年間大学に在籍した結果の未来については、ちゃんと考えがあるようだ。

それにカスガさんは、親元を離れ悠々自適に生活を送っているくらいには、いいところの生まれである。卒業後についてはもう、家のほうで決められているのかもしれない。

きっと選択肢がないからこそ、八年間のモラトリアム期間を許されているのだろう。

「まともに働く気なんて、今のところないからね」

未来への不安なんて一つもない、子供のような無邪気な笑顔だ。その不安を代わりに背負っているのは、大きなため息をついた弟であったようだ。

まどかに再び顔を向けると、『こういう人よ、なんで知らなかったの?』と訝しげな顔を向けられた。

「生活のためとはいえ、やりたくない労働に身を費やすなんてごめんさ。どうせ苦労するなら、自分のやりたいことで苦労するほうが有意義だ」

「……ちなみにですが、そのやりたいことって？」

「それを見つけるために、卒業後は海外を回るつもりでいる」

「そのためのお金はどうするんですか……？」

「私にはパトロンがいるからね。問題はない」

「どんなお相手か、お聞きしても？」

「祖父だ」

「お爺さん……」

「昔から私には甘い人でね。やりたいことは大抵叶えてくれるんだ。もちろん、常識の範囲内でだがね」

大学で八年間遊び倒し、就職もせずにやりたいことを見つけるため、世界を回りたいというのは、果たして社会の示す常識の範囲内であったか？　少なくとも私の知っている社会にはありえない常識である。

「ご両親は反対しないんですか？」

「姉さんがまともに働きたいなんて言い出したら、最後の親孝行。余命宣告されたのかと疑うだろうね」

　姉が口を開く前に、夏生くんはそんな皮肉を挟んだ。

「カスガさん……こう言いたくはありませんが、いい大人がそれではまずいんじゃないですか？」

「いい質問だ椛くん」

　苦い顔をしている私と夏生くんを肴に、カスガさんは苦い液体を美味しそうに飲んでいる。

「私はね、大人になんてなりたくないんだ」

「この通り、姉さんの根っこはチャランポランなんです」

　弟に辛辣な批評をされようとも、カスガさんは一切の引け目もなく笑っている。まるで一流大学卒の、一流企業勤めを誇るかのようだ。

　出会ってきた学生の中で、カスガさんは一番尊敬ができる人だった。それこそ色んな経験を積んだ大人のような、頼れる人生の先輩。

　今日まで捧げてきた尊敬の念を返してほしい。

「パンを得るためにはなるべく、額に汗をかく真似はしたくないんだ」

「だったらせめて、ボランティアにでも手を出してみたらどうですか？」

「見ず知らずの他人のために、無償奉仕なんてごめんだね」

やれやれというようにカスガさんは両肩を落とした。まるで聞き分けのない子供を前にするかのようだ。

おかしい。私は間違っていないはずだ。

「私はね、袖触れ合った縁は大切にするが、無縁のために動きたいなんて思わない。神はもう死んでいる。そんな世界で聖人ごっこなんてしていたら身がもたないだろ？」

「神はもう死んでいる？」

「神の教えに則り、排斥されてきた人々がいる。それに類する彼らが情報社会の発達によって結びつき、一致団結して声を上げられるようになった。そのせいで神様の教えだからと正当化してきたものが、もう通じない時代になったんだ」

カスガさんの言う通り、今はそういう時代だ。

社会では少数派というだけで、その存在を否定されてきた人たちがいる。生まれ持ったあり方を隠さなければ、この社会では排斥され生きてはいけなかった。

そんな人たちが今は結託し、社会に立ち向かえる時代になった。道徳や価値観は神様の教えではなく、自分たちで作り上げるものだと。

「そうやって自分たちの生き方を、社会に組み込まんと新たな勢力が次から次へと湧いてきているが……聖人ぶって、目についた端から手を差し伸べてみるといい。キリがない」

「確かにキリはありませんけど……」

「私にとってはね、社会への奉仕活動はそれと同じなんだ。立派な活動であると認めることと、手を差し伸べたいと思うのは違うだろ？」

なるほど、と納得しそうになったところを、

「単純に、自分さえよければそれでいいって人間なだけだろ」

「そうとも言うな」

騙されちゃいけないというように夏生くんは言った。そんな嫌みにどこ吹く風といったように、カスガさんは飄々としている。

「なにせ私は、今の社会で困ったことはないし、大きな損をしたことがないからね。むしろ都合がよかった機会が多かったし、得だって沢山してきた。この社会の私の待遇に、不満も不平も覚えたことはないんだよ」

その言い分は反感を覚えることはなく、身にしみるほどよくわかっていた。

私もまた、この社会の自らの待遇に不満も不平も覚えたことはない。むしろ得をしてきたくらいだ。

かといってカスガさんほど、正直な本音を口にすることはできない。それを口にしたとき、なにを言われるかわかっているからだ。

「そんな話を聞かされた人たちの主張。それを口にしたほうがいいでしょうか？」

「もちろん、いいことだ」

「それはおまえが恵まれているからだ」

「そうなんだ。私は恵まれているんだよ」

あっさりとした表情でカスガさんは認めた。

「自分のことを天才だなんて自惚れてはいないがね、生まれ持ったものでやりたいことをしようと努力したら、それなりに上手くやっていける自信がある。だから皆で小さなものを得ようと頑張るよりも、一人で動いたほうがよっぽど大きな幸せが手に入る。それが一番楽だし、なにより手っ取り早い。だから私は、自分一人の幸せを追い求めることにしているのさ」

カスガさんは自らの生き方をそう締めくくった。

彼女の主張は、この社会で快く思われない生き方だ。けど、よくよく考えると人間というものはこんなものなのかもしれない。

本当は皆自分のことだけを考えて生きていきたい。力がないからこそ一致団結しているが、力があれば思想はころっと変わるはずだ。

カスガさんは別に、他人に迷惑をかける生き方をしているわけではない。それでも快く思われない風潮が、この社会には蔓延している。

なぜか。

きっと自分たちはこんなにも我慢して生きているのに、恵まれているというだけで幸せを享受しているのを許したくないのかもしれない。

羨ましい。

妬ましい。

そんなのはずるい。

明け透けに言葉にすると体裁が悪いから、歯に衣着せて取り繕う。その取り繕った先で、

『冷たい人間だ』

そう評するものがいたら、まったくもって的外れだ。

「あーあ。カスガさんは自分の幸せのためなら、弱者はどうでもいい。そんな血の通ってない人間だったんですね……ガッカリ」

わざとらしく大げさに、まどかは猫背になるほど肩を落とした。

カスガさんは気を悪くすることはない。むしろおかしそうに、頬杖をつきながらこう告

げるのだ。

「ちなみに私の幸せは、親しい縁の人が幸せであることも含まれている。その縁の一人が君だよ、まどかくん」

「はぁー……カスガさんはなんで女に生まれちゃったんですか？　ほんと、ガッカリ」

キザったらしいセリフを吐くカスガさんに、今度こそまどかはガッカリと肩を落としたのだ。

赤の他人の不幸を前にしたとき、カスガさんはモラルに則った義務くらいは果たすのだろう。だが親身になって寄り添いたい、助けてあげたいとまでは考えていないだけだ。

地球の裏側の千人、万人のために割く時間があるのなら、身近な一人のために時間を費やす。それこそがカスガさんなりの、有意義な幸せな生き方なのだろう。

だって本当に自分の幸せしか追い求めていなかったら、ここまで夏生くんのために動いたりはしない。

それがわかっているから夏生くんも、困った姉さんだとしか言えないのだろう。

『どうせ苦労するなら、自分のやりたいことで苦労するほうがよっぽど有意義だ』

先程のカスガさんの言葉が、今は胸にストンと落ちていた。

第七話　隕石が降ってきたらそのときだ

十二月二十三日。

実に七ヶ月ぶりとなる外出を目前にし、そわそわと落ち着きを失くした一日を過ごしていた。

明日の行き先は、わたしが望む場所に連れていってもらえる。でも、いざ自由を与えられると悩んでしまった。

特別な日だからこそ、特別な場所に行きたい。

散々悩んだ末に、わたしにはそんな望みがなかったことに気づいた。

ただ、センパイと空の下を歩けるだけで、きっと素晴らしい日になる。

そう考えたとき、わたしは悩むのは止めた。

行きたい場所は一箇所に定めて、後は行き当たりばったりでいい。

明日の行き先の街。暇があればどんなものがあるのかを調べる一日を送っていた。

センパイのデスク上に広げたノートパソコン。没頭するように眺めていると、知らぬ内に意識が外界と隔絶していた。

そんな意識を引き戻したのは、膝上の重みを失ったから。物言わず、クロスケが下りたのだ。

後ろの気配にようやく気づいて振り向いた。

「よう、ただいま」

「お、おかえりなさい……」

いつの間にかセンパイが帰ってきており面食らってしまった。

ノートパソコンの右下に目を落とす。まだ十九時を過ぎたばかりだ。

「あの……早かったですね」

「ま、今日くらいはな」

慌てて椅子から立ち上がり、センパイに向かって両手を差し出した。上着類を受け取ると、センパイはその足でシャワーを浴びに行く。

今日は金曜日ではないが、ガミさんのお店に寄るから夕食はいらない。それは昨日から知らされていたが、ここのところセンパイは遅くまで残業続きだった。こんなに早く帰ってくるのは予想外であった。

ベッドの上で寝転がっていなくてよかったと胸を撫で下ろした。

いつも通り二日酔い対策を用意すると、浴室から戻ったセンパイと入れ替わりでシャワーを浴びる。

浴室は熱気と湯気で満ちていた。直前までセンパイが入っていたから当然だ。

家族でもない成人男性が直前まで湯を浴びていた場所で裸になる。この家に来たばかりの頃は、それが気恥ずかしく必ず時間を空けてから入るようにしていた。

今はもうすっかり慣れ、このくらいは当たり前の日常となっている。

「あ……」

浴室を出てから下着を忘れているのに気づくのもまた、稀にある日常となっていた。

脱衣所の着替えは、夕方には用意するのが日課となっている。センパイの着替えは全部用意しておくのだが、自分の物は同じようにはいかない。シャツやショートパンツはいいとしても、センパイの目の届く場所に下着を置くわけにはいかなかった。

最初の内は、洗濯に出すはずだった下着をつけて、改めて部屋で着替え直していた。

この生活に慣れきった今は、部屋に戻ってから下着を身につけるようになっていた。一時の羞恥心よりも清潔感。綺麗になったばかりの身体に、使用済みの下着をつけるほうを厭ったのだ。

かつてと比べて、わたしは図太くなったものだ。

リビングから通じるセンパイの部屋の襖は開いている。忍び足一つせず、自分の部屋の襖を開けようとすると、

「おお……、マジか」

驚いたセンパイの声に手を止めた。

「まさか本当に残ってたとは」

「どうしたんですか？」

下着をつけていない羞恥心よりも、今は好奇心が勝った。襖の陰に身体を隠しながら、センパイの部屋を覗き込んだ。

「高校時代に俺がやらかした話は覚えてるだろ？」

「はい」

センパイは首だけをわたしに向けた。

「地上波デビューを果たしたんだが」

「言ってましたね、そんなことも」

「そのときに流れたニュースが、動画サイトにアップされてる」

「え、本当ですか!?」

お宝映像の発掘に、たまらずセンパイの部屋に駆け込んだ。

このときの自分の格好など、頭の中から消し飛んでいた。

◆

連日続いた残業だったが、今日は定時で帰らせてもらった。

どれだけ隠しているつもりでも、クリスマスに有給を取ったのはあからさま過ぎたか。あの片桐さんにすら、羨ましそうに茶化されてしまった。徳田のことは気にしないで素晴らしい夜を楽しんでこい、と。そう送り出されたのだ。

真っ直ぐ帰宅せず、ガミの店に寄った。

今週の金曜日は二十五日だ。その日は店に顔を出す時間なんてないだろう。色々と話しておきたいこともあったし、今年最後のつもりでその顔を見に行ったのだ。

その帰り際に、ふと思い出したように教えられたのが、動画サイトにアップされているニュース映像だった。

地上波デビューをしたときの、俺たちの青春時代の映像だった。

「やべー、すげー懐かしいな」

パイプ椅子に並んで座る、二人の男子高校生。

片方はもちろん俺であり、もう片方はガミである。ワイシャツの下に収められたその身体には、人体改造が施されていない。

プライバシー保護のために首から上は映されていない。それでも饒舌に語る俺の隣で、神妙そうな表情で頷くガミの姿は鮮明に思い出せる。

「うわ、若いなー、俺」

ついそんな感想を漏らしてしまった。直接見てすらいない自分の顔が、ガミのものと一緒に脳裏に映し出されたのだ。

卒業アルバムなんてものは買っていない。だから子供の頃の写真なんて、手元に一つも残っていない。

なにせ俺は、写真が嫌いな子供だった。写真を撮られるのに嫌悪感すら覚えていた。生理的に受け付けないのだ。

自分の顔は好きではなかったが、嫌いというほどでもなかった。

だからこそずっと、嫌いな理由がわからなかった。

けど、今になってその理由に思い至った。

嫌いなのは自分の姿ではなく人生だったのだ。

親が嫌いだ。

教師が嫌いだ。

クラスメイトは……自分の顔と一緒だった。

残したい過去なんてないからこそ、その一瞬を切り取られたくなかったのだ。その一瞬を共に残したい相手がいないからこそ、無駄な行為に嫌悪感を覚えたのかもしれない。

自分の過去を面白がって懐かしむ。そんな日が来るなんて、思いもしなかった。

ああ。そういう意味では確かに、あの事件は唯一の青春だったのかもしれない。

なにせ終わってみれば、こうして笑い話にできているのだから。

「確かに、今より声が若いです」

顔一つ映っていない過去の俺を見て、後ろからくすりと笑いを零している。

「センパイが高校生のときって、本当にあったんですね」

「当たり前だろ。俺が中卒かなんかかと思ったか?」

「ホイ卒かと思ってました」

「このヤロウ……」

思わず眉根を寄せたが、それも一瞬だ。ただの軽口なのはわかっているから怒るほどでもないからだ。

「センパイ。もう一回、もう一回です」

「わかったわかった」

動画が終わると、レナははしゃぐようにコールする。望み通り再生すると、お行儀のいい映画館の客のように押し黙った。

俺は一回で満足した。画面に向かって食い気味だった身体を背もたれに委ねた。

ん、と思わず唸りそうになる。

未体験の柔らかくて心地よい感触が後頭部を包み込んだ。

「ぁ……」

俺が鳴らしたものではないか細い声。

椅子の背もたれを掴みながら、前のめりに画面を覗き込んでいたのだろう。豊満なそれは、ヘッドレストの役目を果たしてしまったのだ。

こうなるにいたった状況はわかった。

ただ、布切れ一枚越しに伝わる人肌が問題だった。

男の下着といえばパンツを指すが、女の場合はもう一種類あるはずだ。レナがそれをつけていないのは明らかな感触であった。

山脈の谷間に滑落した首筋が心地よかった。身体の奥から上がってくる感情が、あまりにも生々しすぎて、誤魔化すように茶化すことができない。自らの意思で離れることができないほどの魔力を放っている。

だからレナのほうから離れるのを待つばかり。羞恥を帯びた声を聞くことで、ようやく冷静さを取り戻せるだろう。

いつものように『センキュー』とふざけることができるのだ。

けど、いつまで経ってもそのときが来ることがなかった。

「本当……若いですね、センパイ」

平常心を絞り出したような声が耳元で鳴る。

スピーカーから響いているはずの自分の声が聞こえない。

心臓がドクドクとうるさい。

これは俺か。果たしてレナのものか。どちらの鼓動も激しくて、聞き分けがつかないのだ。

「センパイ……もう一回」

それが離れたくないと聞こえたのは、都合のいい妄想だろうか。熱を帯びた声音に従って、終わった動画をまた再生した。

果たしてその動画を求めてなのか。レナはまた深く、前のめりになった。

背もたれから滑り落ちるようにして、レナの手が肩に乗った。押し付けられたそれは沈み込むようにして、首筋の形に変化する。

静かな、しかし深い吐息が耳にかかった。

鼓膜に溶け込むような温度が、官能的なまでの刺激となって脳を震わせる。

レナが今、どんな表情を浮かべているのかわからない。

少なくとも若き日の俺を見て、無邪気にくすくすと笑っていないのは明らかだ。

その意識はとっくに、モニターに向けられていない。そんなことがわからないほど鈍感ではない。

三度目の再生が終わった。

もう一回という声は上がらない。

沈黙の息苦しさに音を上げたのは、俺のほうだった。

「レナ……」

「……なんですか?」

期待が含まれた甘い声だった。

「本当は、明日するつもりだったんだが……」

「……いいですよ、わたしは」

主語が抜けた言葉にレナはそう応え、肩に乗せた手をするりと落とした。それは包み込むようにして、俺の首の前で組まれた。

いいですよ。それがなにを指しているかは言わずもがな。明日の予定の前倒しだ。

「今の内に謝っておく」

やはり主語が欠けたせいで、噛み合っていないのは明らかだった。

「来月から、今よりずっと忙しくなると思う」

「……はい？」

込み上がってくる劣情をグッと堪える。空気に流されてそのままでもよかったが、特別なことは特別な日にするのに拘ったのだ。

期待外れを食らったような上ずった声に、脳を支配していた熱が冷めていく。

空気がガラリと変わったことで、ようやく冷静さを取り戻した。

明日は楽しいだけの日にしたい。

「俺はな、今の会社をクビになったら這い上がれない。自分はそんな底辺社会人だって信じてきた」

だから丁度いい。前倒しにするのはこちらの話のほうがいいだろう。

「けど、それはここより楽な場所がないだけの甘えだ。そう上司に言われちまった」

「甘え、ですか？」

「言われてその通りだと思った。なにせ今まで、必死こいてまで金が欲しいなんて思ってこなかった」

　この社会から糧を得るためには、辛くて苦しい思いをしなければならない。俺はそれが嫌だった。

　辛くて苦しい思いをしても、この社会から得られる幸せ《かて》なんてたかが知れている。必死になって今までの二倍、三倍頑張ったところで、得られる幸福《かて》がそれに比例しない。

「でもな、今は金が欲しい」

　そんな人生が貧しいと、ある日を境に感じるようになった。

「ゲーム機一つ気楽にポンッて買えない俺の給料は、ちょっと安すぎる。いい大人がこれじゃあ、いくらなんでも情けなさすぎる。そう気づいたんだ」

　恩人の人生を覗いたとき、その答えが描かれていた。

　得られる幸福《かて》が頑張りに比例しなかったのは、自分一人で人生を歩んでいたからだ。それがあまりにも貧しいものだから、この肩《かる》にかかっているものは一にすら達していなかったのだ。

　コンマ一の人生だ。人の十倍頑張ったところで一の幸福《かて》しか得られない。

　まったくもって、コスパの悪い人生である。

そんな人生が急に豊かになった。人の倍頑張っただけで、得られる幸福《かて》が何倍にもなって返ってくるようになったのだ。

色々と物足りなくなってくるわけだ。

「だからネット小説よろしく、底辺から成り上がることにした」

「成り上がる？」

「今のリーダーを下僕にして、チーム田町の爆誕だ」

だから佐々木さんの提案に乗ることにした。

まともに頑張ってこなかった人間だ。そんな奴がいきなり兵隊のリーダーなんて任されて、上手くいくなんて思っていない。

それでも、おまえなら大丈夫だと言ってくれる上司がいる。そんな人がケツは持ってやるから頑張ってみろと支えてくれるのだ。

俺がいなくなると困ると言ってくれる人が昨日、下剋上が果たされることに喜んですらいてくれた。いきなり全てをポンと任されるわけではないが、手取り足取り死ぬほど仕込んでくれるとのことだ。

「多分、終電帰りが当たり前になる。それだけじゃ足りないから、休みの日もあれこれと勉強しなきゃならんだろうな」

「大丈夫なんですか？　そこまで……頑張る必要があるんですか？」

俺がそこまでして頑張る理由が、不安そうに言った。

「そこはやってこなかったツケだな。これ以上情けない思いをしないためにも、ここらで清算しときたいんだ」

みんなそうやって生きているんだ。

そんな神様の言葉を信じてこなかったのは、自分の責任だ。溜めに溜め込んだ人生のツケを、誰かに払ってもらうことはできない。

過去に戻れないのなら、やる気になった今から払っていくしかない。

「だから今のうちに謝っておく。おまえには苦労をかけると思うし、今までのようには構ってやれなくなる。悪いがそこは我慢してくれ」

だから、謝っておく必要があった。

俺たちの関係は対等だとはとてもいえない。

それは互いにもたらす利益の話ではない。

どうあれ俺たちは、大人と子供だ。

大人がやって来なかったツケ。その苦労を子供にも払わせることになるのは、言い訳の利かない愚行である。

少なくとも、この国の社会規範ではそうなっている。

「わかりました」

レナは零すようにポツリと言った。

「センパイがそうやって頑張りたいなら、それで構いません」

それは不出来な大人に怒りを覚えるのでも、呆れるのでもない。

「どれだけ大変でも、ちゃんとわたしが支えます」

一緒に苦労を背負ってくれる宣言だ。

「サンキュー。頼むな」

「だけど、これだけは約束してください」

首に回した腕に力を入れて、レナは身体を預けてくる。

「知っての通り、わたしはかまってちゃんですから」

自分の悪癖に笑いを零しながら、

「お仕事以外の時間は、ちゃんとかまってくださいね」

甘えるような声音でそう言った。

頑張るということは、楽で楽しいだけの時間が減ることだ。

もっと素晴らしい未来がこの先に待っている。それを信じて我慢して我慢して我慢してきたのに、ある日突然あっさりと幸せが奪い去られる日が来るかもしれない。

不確かなこの足元が崩れたとき、なんのために頑張ってきたんだ。そう嘆く日が来るかもしれない。

けど、そんなことに悩んで、楽で楽しいだけの時間に耽っていたら、今より素晴らしい未来なんてものはやってこない。

みんなそうやって生きているんだ。

今はそれを信じて、辛くて苦しい思いをしてでも幸福《かて》を得たかった。

「ああ、約束する」

なに、隕石が降ってきたらそのときだ。

第八話　否融通社会軌条ノ機関者④

十二月二十四日。

クリスマスというものは、本場では大切な家族《ひと》と過ごす日だ。しかしこの国の独り身にとっては、特別な異性《ひと》と過ごすのが、一番素晴らしい形となっている。その形に目が眩んでしまったばかりに、その日のために、特別な異性《ひと》を見繕おうとする始末である。

それを悪いと言う気はないが、本末転倒なのでは、と思わざるをえない。

特別な異性《ひと》を用意できなかった者たちは、それはそれで、特別な日を特別なものにと飾り付けたがる。

私が今日出席しているのは、そんなイベントの一つである。

特別な異性《ひと》がいないのならそれを見つける。ホテルのパーティー会場を貸し切ったクリスマスパーティーだ。建前上、出会いの場なんて誰も口にはしない。参加費が男女であからさまに違うのはそういうこと。企画者たちは楽しい日にしようなんて口にしながら、特別な日に特別な企画をして稼ぎたいだけなのだ。

私がこんなイベントに参加しているのは、企画者たちとの縁。会場に綺麗な華を増やしたいと頼まれたので引き受けたのだ。

相手の顔を立てながら、頼れる縁を未来に繋いでいくのもまた、社会の処世術である。なにより会場の華になると見込まれるのは悪い気はしなかった。

こんな場所で素晴らしい出会いなんて求めてはいないけれど、どうせ特別な異性《ひと》なんていないのだ。客寄せパンダと割り切れば、それなりに楽しめるイベントである。

なんの憂いもなければの話であるが。

イベントを楽しめる気力のない私は、声をかけてくる男たちを適当にあしらいながら、壁際で黙って煌びやかな世界を眺め続けていた。

「やあ、椛くん」

一時間ほど壁の花に徹していると、このイベントに誘った張本人が声をかけてきた。パーティーに相応しいパンツスーツ姿は、出会いの場に赴く女性ではなく、仕事でお呼ばれした社長のようだ。

「こんばんは、カスガさん」

「楽しんでは……いないようだね」

微笑んでこそみせたが、壁際に張り付いている意味を察したのか。口にしかけたお決まりの台詞を、カスガさんは途中で取り下げた。

「気晴らしになればと思って呼んだつもりだが、逆効果だったかな」

「そういう場なのは、わかって来てはいるんですけどね。声をかけてくる人たちに、なんで放っておいてくれないんだって。自分勝手に思ってしまうんです」

「……後ろめたいかい？」

「はい……」

ずっと飾り付けていた笑顔が、すっと解けるように感じた。

楓は今頃、どうしているだろうか。そればかりが脳裏に駆け巡る。

逃げ出した先で、元気でいるだろうか。いいや、そもそも楓のような子供が、親族を頼らず居場所を作る方法を考えるだけで、胸が苦しくなってくる。

帰るよりマシだと、自分から隠れ続けているのか。はたまた、帰る選択ができない状況に陥っているのか。

どちらにせよ、暗雲が立ち込めたこの胸の内が、楽観的に晴れることはなかった。

これまでの日常を変わらず営み続ける。そう折り合いをつけたつもりだったが、楽しいはずの時間に息苦しさすら覚えるようになっていたのだ。

「ずっと、考えてしまうんです」

「なにをだい？」

「なんで私は、カスガさんと同じことを楓にしてあげられなかったんだろう。そうしたらこんなことにはならなかったのに、って」

楓にまず必要だったのは、学校へ通えるようになることではなかった。学校へ行きたくない原因を解決することだった。

人と上手く喋ることのできない劣等感、コミュニケーションへの不安か。もっと別の問題だってあったかもしれない。

ちゃんと楓と向き合い、その問題を洗い出した上で、解決すべきだったのだ。

私があの家を出るのは絶対だった。その時間が足りず、かつ父さんに任せたくないのなら、楓をあの家に置いてくるべきではなかった。それこそカスガさんのやり方を倣って、楓を連れてくるべきだったのだ。

「もっと早く、カスガさんに出会いたかったです。そうしたら、このやり方を学ばせてもらえたのに」

「早く私に出会ったところで、このやり方は見せてやれなかったさ」

「でも、学べるものはあったはずです。カスガさんのような人は、周りにはいませんでしたから」

「それはひとえに、君が真面目に生きてきた証だ。不真面目な人間が周りにいなかったのは、誇るべきことであっても、肩を落とすことではないさ」

おどけたようにカスガさんは言った。

「でも、こんな私から学べるものがあると言ってくれるんだ。少し自分語りでもしようか」

カスガさんは腕を組みながら、壁に背中を預けた。

「私はね、自分の人生の採点を、他人に委ねる生き方だけはしない。そう決めているんだ」

「人生の採点？」

「高校を出て、大学に入って、少しは大人扱いされるようになった。そこで家族や親戚、教師以外の大人たちと知り合う機会ができた。人生の先達者たちから、御高説を賜る時間が増えた」

カスガさんは皮肉げに口端を上げた。

「ある日、気づいたことがあったんだ」

「気づいたこと？」

「自分がこんなにも苦労をした結果、社会から認められた。沢山の努力をして、こんなにも羨まれるようになった。こんなにも自分は周りから必要とされている。他人と比べて自分は、こんなにも幸せなんだ。――幸せを語るとき、他人の人生と比べている大人たちでこの社会は溢れているんだ。まるで三文判を押したようにね」

今日まで見てきたそんな大人たちを、カスガさんは鼻で笑った。

「そして苦労もせずに幸せを享受している人間を、自分と同じ大人とは扱わない。なぜだかわかるかい？」

「きっと、認めたくないんです。苦労して掴んだ自分の価値が、恵まれているだけで手に入るものなんて」

カスガさんから与えられた問題に、悩むことなく答えた。

努力と結果は比例しない。

どれだけの努力を重ねても、生まれ持ったもの一つで覆される。

私たちはこんなにも頑張っているけど、あいつはなんの苦労もしていない。

ただ恵まれているだけの人間だ。

「それ以上の価値があると認めたら、自分の人生が否定されたようで……それが許せないんだと思います」

そんな陰口を叩かれてきた。

きっとその延長線上に、カスガさんの言うような大人たちがいるのかもしれない。

カスガさんは私の答えに満足そうに頷いて、

「そんな大人たちに限って、こう言うんだ。自分のような大人になれ、ってね」

人差し指で胸元を叩いた。

「他人の人生を通さないと、自分の幸せを語れなくなる。それが大人になるということなら、私は大人になんてなりたくない」

そうやってカスガさんは、あの時のように一切の引け目なく笑ってみせた。

大人になんてなりたくない。

かつては軽薄に聞こえた言葉に、芯が打ち込まれたような音がした。

「他人なんかと比べなくても、自分の幸せくらい自分の頭で考える。どれだけ不格好で、みっともなく見られようとも、本音を隠さず生きていきたい」

「カスガさんはもうちょっと、本音を取り繕ったほうがいいんじゃないですか？」

どれだけ彼女の中の芯が太くても、やはり本音の見栄えが悪すぎる。くすりと笑って忠告するも、その意思が揺るがないのはわかっていた。

「人は口にした言葉に感情を乗せて、引っ張られる生き物だからね。取り繕ったものに足を引っ張られて、幸せが遠のいたら目も当てられない。だったら最初から、人の目を気にせず本音を語ったほうが、よっぽど有意義だ」

どれだけ外野が叫んでも、彼女の生き方は変えられない。

言い負かすことは無理そうだし、そもそもそんなことをする必要などない。

カスガさんに文句を言える立場にあるのは、家族くらいなものだろう。それ以外の人間が口を出すのは、そもそもお門違い。

「だから自分の人生の採点を、他人に委ねるような生き方はごめんなのさ。他人の人生と比べるときは、なにかを得ようとするときだけで充分だ」

他人の人生を勝手に評することが、そもそもおこがましい話なのだから。

◆

「今日は私の顔を立てるために、来てくれてありがとう」

そう言って、カスガさんは帰宅を促してくれた。

十二月下旬の夜は、呼気を白く染めこそするが、頬を痛めつけることなくひんやりしている。夜に出歩くのが辛くないのは、地元と比べた東京の利点だ。ただし外出時の屋内は寒いものだから、温かい服装をしていないとコートが脱げないのが難点だ。一長一短、いいとこ取りはできないのであった。

冬の夜。七時を過ぎているというのに、外は眩しいくらいに明るい。

上京を一度も果たしたことがない者でも、名前を出せば「ああ、あの街ね」と通ずる東京を代表する繁華街。立ち並ぶ建築物によって空は狭く、溢れんばかりの光によって空の輝きは失われている。

辺り一帯は、クリスマスのイルミネーションに彩られていた。

特別な日へと飾り付けた街並みには溢れんばかりの雑踏。前に進むのにも一苦労で、ゆったりとしたまでの足並みを強いられた。

恋人たちがよく目につくのは、クリスマス効果だろうか。必ず一組以上が視界に入ってくる。これが今日の正しいあり方だと示すように、仲睦まじく寄り添いながら手を絡ませているのだ。

どこを見てもそんな二人組だらけ。

いつかは自分もこの仲間に、なんて羨むほどの興味は湧かない。

恋人たちの存在は、今日はそういう日だと確認できるだけのイルミネーションみたいなものだ。数秒後にはどんな形であったかも思い出せない雑多なものである。

そんな雑多にある光景の一部に目が止まった。

心が奪われるほどに理想的な光景だったからではない。後ろ姿しか見えないのだから、点数なんてつけられない。

だが、目に止まったのだ。

寄り添っている両人ではなく、片割れの女性にだ。

肩にかかるほどの黒髪。背丈は男性より頭一つ分小さかった。

そんな面白みを見いだせないはずの後ろ姿。景色から浮き彫りになるように目を奪われたのは、既視感を覚えたからだ。

かつて私が選んだコート。その背格好にまとわれているだけで、珍しくないはずの姿が唯一無二に映ったのだ。

まるで楓の後ろ姿みたい。

たった二歩先に少女はいる。

信号は赤。横断歩道を前に二人は立ち止まっていた。

無言でありながらも気まずい雰囲気ではない。寄り添い、指先を絡ませたその後ろ姿がとても幸せそうに見えた。

自らに言い聞かせるようにかぶりを振る。

他人の空似だ。こんな偶然、あるわけがない。

無理に追い抜いて確かめてみたいという衝動すら湧かなかった。

カッコー、ピヨピヨ、と青を告げる音がする。

向かう方角が一緒なら、その背中を追う形になる。追うなんて表現に当てはめてしまう辺り、未練たらしく楓であったらいいのに、と思っている証拠だ。

追い抜いて確認しないのは、きっとガッカリしたくないから。期待するだけ期待して、裏切られるのが嫌なのだ。

行方を眩ませた先で、こんな幸せそうに出歩いているわけがない。

このように幸せであってほしいと願う傍ら、本当に楓であったのなら、それはそれで複雑だった。

信号を渡った先に、街中に点在する駅構内への出入り口の一つがあった。彼女たちはその階段を下るようだ。

釣られたわけではないが、私もそこから駅構内へと下ることを選んだ。ただし階段ではなくエスカレーターだ。

一人分ほどの幅しかないエスカレーターは、下りだけではなく上りもあった。ただ故障中なのか動いていない。そんな上りの向こう側に階段があった。

彼女たちが階段を下る速度より、エスカレーターのほうが早い。すぐに横並びとなり、意図せず追い抜く形となった。

期待なんてしていない。

それでも、つい肩越しに振り返ってしまった。

少女の顔を覗いた。

「え……」

その音は私が漏らしたものではない。最初からそんな音など、鳴っていなかったのかもしれない。

でも現実の音であれ、幻聴であれ、その口元は確かにそのように動いたのだ。

真っ直ぐと、この目とその目があう。

ずっと追い求めていた、懐かしさすら感じる顔。

世界で一番、大切な家族のものだった。

「姉、さん……」

音が届くことはなかった。ただ、わなわなと震える口元が、そのように動いただけ。

目は剥かれ、顔はこわばり、その色は一気に青ざめていくようで……。

わかってはいた。

私に抱いていたその想い。

ウォーリーを探さないで。そこにすべてが込められていた。

それでも私は、楽観的だったのかもしれない。

顔を突き合わせれば、手を伸ばしてもらえる。そう信じてすらいたから。

だからこそ、咄嗟にその名を呼ぶことができなかった。

だってそこに浮かんでいるのは、怖いものを前にして、恐れる表情そのものだから。

躊躇した時間。エスカレーターを二段ほど下ったくらいだろうか。

身を翻した楓は、階段を駆け上がっていった。寄り添っていた男を取り残すことはせず、固く握りしめた手を引っ張っていった。

楓が恐れているのなら、男は狼狽えていた。

階段を上っていく楓に逆らうことなく、共に駆け上がっていったその顔は、真っ直ぐと私を捉えていた。

青年、と呼べるほど若くはない。かといって三十代、ということはないだろう。

身なりは小綺麗でこそあるが、これといって特徴的な容貌ではない。街ですれ違ったところで記憶にも残らない。どこにでもいる社会人といった様相だ。

だがこの瞬間、私から逸らすたった一秒にも満たない時間で、その顔は深く記憶に刻まれた。

あっという間に二人の姿が視界から消えたところで、私はハッとした。

「待って……」

楓の後を追おうにも、これは下りのエスカレーターだ。一人分の幅しかなく、後ろには人が立ち並んでいる。押しのけて逆走することはできなかった。

下り切るまで十数秒か。

今までの人生で、一番惜しくもありもどかしい時間であった。

届くことがないのはわかっている。

「待って、楓ッ！」

それでも衝動を抑えきれず、そう叫ぶしかなかったのだ。

◆

ソファーに身を投げ出しながら、明かりもつけずただ天井を見上げていた。

時間の感覚が曖昧だ。

街中で楓を見つけたのが遠い過去のように感じれば、数秒前のことのように感じている。

楓に寄り添っていた男。

二十代半ばほどの、どこにでもいそうな社会人だった。

五月からずっと、楓の居場所を作っていたのはあの男だったのだろう。だから今日までの間、寝床に困らず行方を眩ませられていたのだ。

楓がなにを求められ、どのように居場所を作ってきたのか。

生々しい想像に胸を掻きむしりたくなるが……後ろ姿からでも感じられるほどに幸せそうであった。

母さんが亡くなってから、あんな姿を見るのは初めてだ。

その事実が無視できなかった。

たとえ社会的に許されない方法であれ、楓は逃げ出した先で幸せを手にしていた。私はそんな幸せを脅かす、恐ろしい存在と捉えられていたのだ。

楓たちは帰路に就くため、駅構内へと下りる途中で私と出くわした。

移動手段が車ではなく電車。そして数時間もかけて、遠方よりやってきたとも思えない。

あの駅から一時間圏内。それがあの男の根城であり、楓がいる場所と考えていた。

東京はあまりにも広すぎる。それだけの情報を頼りに、見つけられるとは思ってはいない。それでもなに一つ手がかりのなかったときと比べれば光明であった。

もし警察に頼ることができたら、すぐに見つかるほどの手がかり。だからこそ頼れないのが歯がゆくもあった。

だが……。

楓が逃げ出した意味。その背中を追い求め、街を彷徨いながら、その事実が一つ、また一つと頭の中で言語化された。

気づけば家の天井を見上げていた。

どのように帰ってきたか。電車内で泣き言のようなメッセージを、まどかに送ったことしか憶えていない。

私はどうするべきなのだろうか。

答えが出ない。

ここで諦めず、楓を捜し続けることが正しいあり方だ。

ルールやモラルと照らし合わせた正しさではない。母さんと、そして楓に胸を張れない真似をしたくないという、自身で選んだ生き方だ。

けれどその母親を亡くし、楓にはハッキリと拒まれた。

ウォーリーを探さないで。その意味を改めて、本人によって見せつけられたのだ。

砂漠で一欠片の砂金を探すように、その姿を追い求めることこそが正しいとわかりながらも、途中で諦め、こうして逃げ帰ってきてしまったのだ。

楓をこのままにしておいてはいけない。そうわかっておきながら、

「どうしたら……いいのかしら」

ぐるぐると同じ自問が頭の中を駆け巡る。

苦しくて。

辛くて。

胸が締め付けられる痛みに苛まれていると、

『でも、これだけは覚えておいて。椛が辛くて苦しいのを我慢するくらいなら、楓のことはどこかで折り合いをつけなさい』

母さんの言葉を思い出した。

楓の家出。これは間違いなく父さんが悪かった。そして頼れず不甲斐ない姉であった自分の責任だ。今更それに弁解するつもりはない。楓が家族以外に縋って、助けを求めたのは仕方のないことだろう。

かといって未成年者に大人が手を貸して、匿うのは許されることではない。

どれだけ楓が可哀想な身の上であり、同情の余地があれ、社会のルールとモラルの範疇を逸脱している。

楓を成人と呼ぶには、いくら自称したところで無理がある。どう詭弁を弄そうとも、子

供だと知らなかったでは通らない。だから法を犯している自覚がありながら、楓を手元に置いているのだ。

許されない手段を選んだ大人がまともなわけがない。ろくでもない人間なのは決まっている。

でもそんなろくでもない大人と……楓は幸せそうに出歩き、手を繋いでさえいた。辛くて苦しい思いはしていないのだ。

母さんが亡くなってから、私は楓を苦しめるだけの存在だった。だから楓は私から逃げ出したのだ。

楓を捜し出した先で、またあの恐れられた顔を向けられるのが怖い。

楓が築いてきた幸せを取り上げた結果、恨まれるのが辛くて苦しい。

今の生活を望み、その幸せを守りたいというのなら、たとえそれが間違っている生き方であれ……。

ここでもう、楓のことに折り合いをつけることが正しいのではないか？

このまま放っておいて、楓が行方不明と気づく前の生活に戻る。そのほうがお互いのためになる。

母さんもきっと許してくれる。

そうやって心が折れそうになったとき、

『だから安心して。そのときはちゃんと、楓の手は私が引くわ』

また一つ思い出した。

一度は始まりの理由を忘れてしまい、違えてしまった約束を。

『私が楓と仲良く歩いていきたい。それが私にとっての正しい生き方だから。これだけは間違えないと約束するわ』

それをまた間違えてしまうような真似をしたくない。

このままにしたら二度と母さんに胸を張れなくなる。

上体を起こして、両頬を思い切り叩いて、

「ダメよ、椛」

折れそうになった心に新たな芯を打ち込んだ。

「楓を……このまま放っておくなんて、絶対に」

私と父さんがあの始末。

頼れる相手は誰もいない。

そんな中、都合がいいだけのものを与えてくれる者がいたら、『この人だけは自分のことをわかってくれる』、そう盲信し、依存してのめり込んでしまってもおかしくない。

あの男が楓を食い物にしているのか。はたまた心から慮っているのか。この際、横に置いておこう。

捨て置けない現実は、楓の未来をどこまで考えているのか。

今の現実は、楓にとって幸せな時間なのかもしれない。けどそれは、一生保証されたものではない。なにかの拍子で崩れ落ちるような脆い床であり、遠くない未来で途切れる道なのだ。

未来というものは、そのときが訪れれば、ポッと都合のいい世界が生まれてくるものではない。この現実から一歩、また一歩進んだ地続きの先にある。

積み上げてこなかった手で輝かしい未来を生み出せるのは、一握りの者にだけ許された、奇跡を描くような特権なのだ。

私はかつて、はいはいしかできない赤子に、自分の力で立って歩けると信じて、それを求め続けてきた。まどかはそれを優しいだけで、甘くはなかったと言った。

でも、あの男がなにを楓に与えているのか。

十年、二十年先の楓の未来をしっかりと考えているのだろうか。

自分が側にいなくなったときの楓の未来を、どこまで見据えているのだろうか。

自分の力で立たなくてもいい。そのままでいいと無責任に甘やかしているだけ。この社会で生きていく上で大切なものを積み上げる機会を、取り上げているのではないか。

私が優しいだけなら、あの男は甘いだけだ。

それはあまりにも無責任すぎる。

私は一度、大きな間違いをしてしまった。楓の心に寄り添っている気になって、ずっと苦しめてきた。

甘いだけの幸せ。それを取り上げると私は恨まれることになるだろう。それを受け止めた上で、ちゃんと楓に向き合いたい。今まで独りよがりな真似をして、苦しめてきたことを謝りたい。

私にその手を引くチャンスを、もう一度だけ与えてほしい、と。

必ず楓を捜し出す。

そう決めた先で、この目は数時間前に遡っていた。

手を引かれるがまま、階段を駆け上がっていった男の顔。たった一秒だけしか捉えることはなく、日常であればすぐに思い出せないような、どこでも見るような顔だった。

でもあの瞬間の光景は、ハッキリとこの目が憶えていた。

なら、私がやることは決まっていた。

唯一の趣味であり特技を活かして、あの顔を描きあげるのだ。

楓のことを大々的に捜すことができない。けどあの男なら話は別だ。楓の名誉を貶めることなく、大衆を味方につけて捜すことができる。それこそまどかを頼れば、ネットの世界で拡散することは容易いだろう。

かつては求められてまで描いてきた人物画。

上京してから機会はなく、風景画に転向し一度も描いてこなかった。

こんな形で再び、人を描き出す機会を得られるとは皮肉なものだ。

スケッチブックをリビングのテーブルに広げ、すぐに作業に取り掛かった。

これは記憶が薄まるまでの、時間との勝負だ。

頭の中身を吐き出せ。

特徴を正確に捉えろ。

雰囲気をも形にして。

この目にしたものはこんなものではなかったと、一枚、また一枚と紙を破り捨てながら、新たな一枚を描き続けた。

描いているのは芸術ではない。

かつて警察にお墨付きを頂いた、捜査用資料の似顔絵だ。

少しでも完成度を高めることこそが、楓へといたる道に繋がる。一ミリでも近づきたいという衝動だけが私を突き動かしている。

どれくらいの時間をかけたのかは憶えていない。

次に意識を取り戻したときは、毒々しいほどの茜色が天井を染め上げていた。

いつの間にか眠っていたのか。

ボーッとした頭はすぐに、眠る前にしていた作業を思い出す。飛び跳ねるようにソファーから身を起こすと、テーブルへと目を向けた。

「ああ……」

記憶に残っていなくても、この手は確かにそれを完成させていた。

楓に繋がる男の顔。

昨日見たあの顔が、その薄い紙一枚に描きあげられていた。

「おはよう、椛」

一人暮らしのはずの部屋でかけられる、起床の挨拶。

「悠々自適な一人暮らしなのはわかるけど、ちょっとたるみすぎじゃない？」

おかしそうな顔をしながら、まどかがからかうように言ってきた。

「なんで、まどかが……？」

首を傾げそうになり、すぐに昨日の行動を思い出した。

楓に逃げられて、捜すのを諦めた帰路。どうにもならないとわかっておきながら、かつての電話のように、まどかにメッセージを送ったのだ。それを見て、心配して駆けつけてくれたようだ。

一晩かけて散らかしたリビングも片付いている。どうやらソファーで眠る私に、毛布をかけてくれただけではなく、掃除までしてくれたようだ。

本当に、素晴らしい親友である。

つい頬が緩んで、感謝を述べようとすると、

「起きて早々あれだけど、すぐに出かける準備をして」

いきなりそんなことを言い出したのだ。

あんなメッセージを送って、心配をかけてしまったはずだ。だから流れに相応しい話があるはずで、まどかの発言が突拍子もなく聞こえたのだ。

「出かけるって……どこに？」

困惑しながらそう応じるしかなかった。

まどかはテーブルに近づくと、

「この人を呼び出せる場所よ」

一晩かけた似顔絵に手を置いた。

◆

地下鉄からＪＲ。その一回の乗り換え、三十分にも満たない時間で、目的地の駅へとたどり着いた。

帰宅ラッシュと重なり、雑踏の動きはどこか忙しない。

常々思う。彼らは一体、なにをそんなに急いでいるのか。まるで一本乗り遅れたせいで世に災いが訪れる。そんな世界の危機を守る、使命感に駆られているかのようにすら見えた。

私たちの足取りは、そんな彼らと比べて、どこか重たかった。

この先に待っているのは、望んだ希望でありながら、辛くて苦しい答えも与えられる。

これは私だけではない。まどかもまた、等しく手にしなければならないものだ。

「この人、タマさんなの」

似顔絵を指してまどかは言った。うっすらと口端を上げるその姿から、無理をして感情を押さえつけているのは明白だ。それでも強がりながら、困ったことにね、と振る舞っている。

唖然とした。

こんな偶然あるのだろうか？

だって……と、次の言葉を見つけようとしていると、

「マスターにアポは取ってるから。後は呼び出してもらって、それで終わり。ほら、楓ちゃんに会いたいなら早く身支度なさい」

いつもの調子で、まどかは気丈に振る舞う。

眠っている間に、すべてお膳立てしてしてくれたようだ。私を心配し駆けつけて、あの似顔絵を見て、それですべてを察して……。

どんな思いで私のために動いてくれたのか。

複雑なんて言葉だけでは片付けられないし、なにより片付けたくない。だって間違いなく、苦しさと辛さに満ちた葛藤があったはずだから。

言われるがまま身支度を急ぐと、「じゃ、行こっか」とだけまどかが言ったのを最後に、私たちは言葉を交わしていない。

だって私はこれから、今日までずっとまどかが恋をしてきた相手を糾弾する。まどかがお膳立てをして、呼び出してくれた場で。

家を出るときは横並びであったが、こうして目的の駅へと降り立つと、まどかの後ろを

歩いている。後ろめたさを感じている。それを体現するかのように。

改札を抜けて、二択の出口を迷うことなく抜けた先で、

「前にね、マスターが言ってたんだ」

まどかは口を開いた。

「楓ちゃんが逃げ出した先で、幸せになっていたらどうするか、って。……きっと、全部知っていたんだね。だからあんな風に忠告したんだと思う」

声音はいつもの調子だ。けど必死に平常心を保とうとしているように聞こえた。

「あーあ、信用して相談したんだけどな。頼ったつもりが、いいようにあれもこれもと聞き出されちゃって……」

まどかは肩越しに振り返ると、

「わたしって、ほんと人を見る目がないようね」

困ったものだと笑っていた。

開き直ったものではない。胸に宿った悲哀を押し殺したもの。自分は大丈夫だからというやせ我慢より生み出された、私を慮る心なのだ。

あまりにも痛々しい笑顔だった。

込み上げる感情をなんとか喉元で抑え、飲み込んだ。

「しょうがないわ。世の中に完璧な人間なんていないもの」

まどかの横に並びながら、そのあり方に倣った。

本音はどうあれ、いつもの調子でいきたい。まどかがそのように示したなら、場違いで
あれその思いを無下にはしたくなかった。

「まどかが背負っている罪、その反動かもしれないわね」

「なに、わたしは可愛いだけで罰せられてるの？」

「そう。男運を取り上げて、バランスを取っているのよ、神様は」

「タマさんはともかく、マスターは女なんだけど？」

「きっと、その人は元男ね。性転換でもしたんじゃない？」

「会ったこともない相手に、よくそんなこと言えるものね」

「大事な人の信頼を裏切った相手だもの。本人を前にしても言ってやるわ。わかってるぞ、
おまえは男だろ、って」

意外なものを目の当たりにしたように、まどかは上瞼を引きつらせた。堂々と人を悪し
様に言う宣言が、私らしくなくて驚いたのだろう。

冗談のつもりが核心をついていた。

そんな未来が訪れるとはつゆ知らず、まどかは噴き出していた。私もまたそんな姿に釣

られてしまった。

　私たちの間に立ち込めていた暗雲が、それだけで払われるような気がした。

「タマさんの受け売りの話をしたときのこと覚えてる?」

「ええ」

　忘れるわけがなかった。

　私と楓の間にあった問題点。その解決策。それをまどかにもたらされたからこそ、なんとか顔を上げられたのだ。

「あれってさ、タマさん自身の経験だったのよ」

「それって……あの男が喋る側で、楓がキーボードをカタカタしていたってこと?」

「そ。スタートは扉越しだったのも、通知が鳴り止まなかったのも、きっと本当にあったことなんだと思う」

　まどかは顎を上げた。

「そうやってコミュニケーションを取りながら、まずは一言二言の返事を声に出させた。楓ちゃんの手を取りながら、一段、また一段と階段を上らせてあげたんでしょうね」

　少し遠くを見るその目は、そのときの光景に思いを馳せるようであった。

　まどかに諭されたあの日、楓のような境遇にあった女の子の話を聞かされた。自らの意思を口に出して、自然と喋られるようになった、と。

それが実は楓の話だったというのなら、五年もの間、私と父さんがいかに不甲斐なかったか。それが突きつけられる現実である。だってあの男は、十五年もの間家族であった私たちができなかったことを、半年もかからずやり遂げたというのだから。

楓の家出を受け入れたあの男は、間違いなくろくでもない大人だ。ならそんな大人と比べた家族《わたしたち》は、一体なんと呼べばいいのだろうか。

「椛。その意味、わかってるよね？」

神妙な面持ちでまどかは言った。

「……ええ」

もちろんと私は首を振った。

昨日の時点でわかっていたこと。それが明確な形をなして、今ここで立証されただけ。

楓は逃げた先で幸せを享受している。

それはただ、あの男が家出に都合がいいだけの存在だからではない。

私たち家族がわかってあげられなかったことを、正しく理解してもらえている。

私たち家族がしてあげられなかったことを、簡単にできるようにしてもらえた。

楓にとってあの男の家は、雨風をしのぐだけの場所ではない。幸せな居場所となっているのだ。

今からそれを取り上げる。その結果、楓からどのような感情をむけられることになるのかも、ちゃんとわかっている。

あの絵を描くと決めたときから、覚悟はちゃんとしているのだ。

「なら、後は一つだけ」

まどかは微笑みながら、

「わたしはいつだって椛の味方だから。それだけはちゃんと覚えておいて」

頼もしいことを言ってくれたのだ。

今回の話はまどかにとっても、降って湧いたような話である。気持ちを割り切るなんて簡単にできることではない。それでも自分の立ち位置を、まどかはハッキリとさせた。

恋ではなく、友情を大事にしてくれたのだ。

「ありがとう、まどか」

全幅の信頼をおける味方が自分にはいる。

それだけで気持ちは軽くなる。

気持ちに倣うような足取りは、目的の場所を前にして止まった。

一見の客を拒むように、中の様子を窺える小窓はない。店先の明かりもついていない。

看板は『ＣＬＯＳＥＤ』と示している。

まどかは扉に手をかけながら、私に顔を向けた。逡巡しながらも、私は黙って頷いた。

気持ちはまさに、悪の根城に踏み込むかのようだ。かといって私たちを出迎えたのは、わかりやすい形をした悪の親玉ではない。ハッと目を奪われるような、妙齢の美女である。

カウンターの向こう側で、私たちを待っていた彼女が、まどかが慕ってきたマスターなのだとわかった。

余裕ある優雅なまでの面持ちは、一度まどかへ向けられる。そのまま視線が私に移ると微笑が浮かんだ。

営業時間外の客に向かって、差し出されたのは客商売の挨拶ではなく、

「タマを呼んでほしいのね」

全てを察した、私たちの用向きへの返答だった。

あとがき

一巻で略称を『自宅警備員』としていた拙作。ネットで情報などを発信する際に、改めて略称が『じたこよ』と決まりました。平仮名四文字に落とし込むだけで、まるでほのぼののハートフルな作品みたいですね。

そんなほのぼのでもなければ、ハートフルとも無縁なじたこよの三冊目を手にしてくださった皆様。お久しぶりです、二上圭です。

ウェブ版からの読者様はこの三巻を読んで、あれ、と思ったかもしれません。ガミ視点ではなく椛視点が先行しており、見知らぬキャラクターたちが物語の中心で動いている。二巻とは打って変わって、ほぼ書き下ろした内容になっております。

ウェブ小説はスピード感重視。ウェブ版はタマたち五人の主要キャラクターだけで物語を完結させせました。そう舵を切ったことにより、当時組み込めなかった要素を担うのが、桐島姉弟や向井、そして佐々木でした。

タマに関しては、二巻まではろくでもない大人になってしまった背景、社会の負の面ばかりを書いてきました。

信じられる大人との出会いの欠如こそが、子供時代に育んだタマの歪み。いい方向に導いてくれる大人たちの背中に倣うのは、今からでも遅くない。三巻は大人として情けないと思ったタマが、成長したいと願ったお話にしたつもりです。

一方、不自由なく育ち、努力をするだけで成功を収めてきた椛ですが、妹が行方不明となり、父親もあの始末。社会のレールを踏み外すことなく真面目に生きてきたはずなのに、本当に大切なことだけは上手くいかない。タマとは反対の立ち位置にいるキャラクターです。

そんな椛視点を前倒しにしたのは、ガミ視点がタマの過去、抱えている爆弾、それを爆発させるのは、椛視点後にすべきだったと後になって思ったからです。

書籍化に際し、ウェブ版ではできなかった要素を含めた三巻を、こうして書き直し世に送り出すことができたのは、じたこよに関わってくださった皆様のおかげです。

担当編集者様。一巻、二巻に引き続き、原稿の提出期限を破り続けて申し訳ありませんでした。一巻は七日、二巻は二週間、三巻は一ヶ月と倍々ゲーム。次は二ヶ月という記録を更新しないようにいたしますので、これからもよろしくお願いいたします。

イラストレーターの日向あずり様。そのしわ寄せを最も被ったかと思います。それにもかかわらず、巻数を重ねるごとにクオリティが増していくイラスト。毎回いただく度に、感動し作品を突き動かすモチベーションになっております。ご迷惑をおかけしたお詫びと共に、感謝を申し上げます。

ＧＣＮ文庫様。これが出る頃には迎えているレーベル創刊一周年。おめでとうございます。じたこよが少しでも貢献できるよう尽力させていただきますので、これからもよろしくお願いいたします。

そして読者様。皆様が手に取ってくださるからこその拙作であります。三巻を手にしてくださったお礼と共に、また次巻でご挨拶できることを願っております。

引き続き、じたこよをよろしくお願いいたします。

ファンレター、作品のご感想をお待ちしています!

【宛先】
〒104-0041
東京都中央区新富1-3-7　ヨドコウビル
株式会社マイクロマガジン社
GCN文庫編集部

二上圭先生 係
日向あずり先生 係

【アンケートのお願い】

右の二次元バーコードまたは
URL（https://micromagazine.co.jp/me/）を
ご利用の上、本書に関するアンケートにご協力ください。
■スマートフォンにも対応しています（一部対応していない機種もあります）。
■サイトへのアクセス、登録・メール送信の際の通信費はご負担ください。

GCN文庫

センパイ、自《じ》宅《たく》警《けい》備《び》員《いん》の雇用《こよう》はいかがですか？ ③

2022年11月26日　初版発行

著者　二《ふた》上《がみ》圭《けい》

イラスト　日向《ひゅうが》あずり

発行人　子安喜美子

装丁　AFTERGLOW
DTP／校閲　株式会社鷗来堂

印刷所　株式会社エデュプレス

発行　株式会社マイクロマガジン社
〒104-0041 東京都中央区新富1-3-7 ヨドコウビル
［販売部］TEL 03-3206-1641／FAX 03-3551-1208
［編集部］TEL 03-3551-9563／FAX 03-3551-9565
https://micromagazine.co.jp/

ISBN978-4-86716-363-4 C0193

GCN文庫

「美人でお金持ちの彼女が欲しい」と言ったら、ワケあり女子がやってきた件。

ある日、降って湧いたように始まった――恋？

顔が良い女子しか勝たん？　噂のワケあり美人、天道つかさの婚約者となった志野伊織（童貞）は運命に抗う!婚約お断り系ラブコメ開幕!

小宮地千々　イラスト：Re岳

■文庫判／①～②好評発売中